光文社文庫

傑作恋愛サスペンス

猫と魚、あたしと恋

柴田よしき

光　文　社

猫は水が嫌いなのに、どうして魚が好きなんでしょう？

女の子は辛いこと、苦しいこと、めんどくさいことなんかみんな嫌いなはずなのに、なぜ、いつも恋を追い掛けているのでしょう？

辛くなく、苦しくなくて、面倒でもない恋なんてどこにも転がっていないって、みんな知っているのに。

目次

トム・ソーヤの夏

1

車が川を渡る橋の上にかかった時、雛子《ひなこ》はほとんど無意識にタクシーの窓を開け、外の空気の匂いを嗅《か》いでいた。

風の中にほんの僅《わず》か、微生物の死骸が発酵した独特の生臭さがある。だがそれは、雛子が子供の頃によく知っていた、あの口の中が酸っぱくなるような重い悪臭とは別のものだった。隅田川はもう、あの頃のように絶望的に黒くはない。

雛子が川の東を離れてから十八年の歳月が流れていた。この十八年の間に高度成長期と呼ばれた時代は去り、人々も自分たちが破壊してしまったものの価値をあらためて見直すことを余儀なくされ、隅田川には汚水や工場廃水が流されなくなっていた。滝廉太郎が謳《うた》いあげた春のうららの絶景にはまだ遠く及ばないが、それでも川は川らしく水の流れる姿となり小魚たちも泳ぐようにはなった。醒《さ》めるあてのない悪夢のように真っ黒だった水面《みなも》ですら、今ではほんのりと緑がかった灰色にまで変化している。橋を渡る度に鼻をつまんでいた思い出も遠く過去のものになった。

だがタクシーが川の東の地を進むにつれて、すべてが好ましい変化ばかりを経たわけではないことが、雛子の目にもはっきりと映り出した。雛子の知っていた古い商店が並んだ通り沿いの景観は、すっかり変わっていた。雛子が今住んでいる西の土地の駅前の様子に似て、見上げる者を威圧するようにこぎれいで背の高いビルが建ち並んでいる。これではきっと、今から三十年も前、雛子の通ったあの小学校の屋上から晴れた日にはよく見えた富士山も、今ではまったく見ることが出来ないに違いない。あの頃、近所でいちばん背の高いビルは五階建てだった。三階建ての小学校の屋上から、見下ろすように建っているそのビルをよく写生した。青空のまん中に、何かのモニュメントのように誇らしげにそびえていたあの白いビル。だが、今、タクシーの窓からいくら上を見上げても、空はなかなか見えないところにある。

雛子は諦《あきら》めた。過ぎ去った歳月はあまりにも長い。変化は当然だった。

雛子の通った保育園の庭だった場所にコンビニエンスストアがあるのを見ても、あの小学校が真新しいデザインに建て替えられているのを見ても、近くの縫製工場で飼われていた白い雑種の犬と毎日遊んだあの空き地が跡形もなくどこかに消えているのを見ても、もう雛子は溜息も吐《つ》かなかった。ただ、いよいよ雛子の生まれ育った町の交差点に差し掛かった時にようやく、古ぼけた五階建てのビルが今でもちゃんと他のノッポのビルの谷間に窮屈そうに建っているのを知った時だけ、雛子は、思わず滲《にじ》んで来た涙を指先でそっと拭《ぬぐ》った。あの頃他の家々を偉そうに見下ろしていたその建物はすっかり小さくなり、淋しそうに、そしてどこか照れ臭そうに雛子に微笑みかけた。あんたもいい歳《とし》になったね。まあわたしも、今ではこんな有り様さ。

いい歳になった。ほんとに、そうだ。

雛子はもう三十六になる。来年は中学生になる娘と、小学校四年の息子がいる。大手の印刷会社に勤める夫がいて、その夫の口うるさい母親と共に小田急沿線の住宅地に小さな一戸建てを建てて住んでいた。土地は三年前に死んだ夫の父親から相続し家のローンは住宅の建築資金だけで済んだので、生活はまあ楽な方だった。目下の心配事と言えば娘の私立中学受験ぐらいで、結婚十四年目にもなると皮肉の言い合いにもすっかり慣れた姑《しゅうとめ》との生活は、大して辛《つら》くはない。時には姑と連れだってデパートのバーゲンに出掛け、へそくりでお互いの服を選び、少し贅沢な昼食を二人で楽しんで来たりもする。喧嘩《けんか》をすることはあっても、このひとを嫌いではないと、雛子は思っている。将来はこのひとの下の世話をしてあげても構わないとも考えている。世間にあると聞く嫁姑の確執のすさまじさからすれば、恵まれていると感謝していた。子供達にも特に問題はないように思う。長女は成績がいいが少し意固地なところがあって、いじめや仲間外れの経験もあるようだが、それでも学校を嫌がりはしない。長男は成績はいまひとつだが、上の子に比べると如才ない性格らしく友達が多い。二人とも雛子の目から見ても特に優れた子供ではなかったが、問題児というわけではない。

長女の中学受験用の塾と家庭教師にかかる費用を捻出《ねんしゅつ》する為に、雛子は昼間だけ、自宅の近所のファミリーレストランにパートに出た。募集要項の年齢制限は三十四歳までだったのだが、電話で問い合わせると面接には来ていいと言われ、面接したら採用された。雛子は、自分の外観に少しだけ自信を持った。丈の短いワンピースにピンクのエプロンをつけた姿は、最初はさすがに恥ずかしかった。だが膝小僧を半分晒《さら》して仕事をすることにもそのうちに慣れ、仕事を楽しむ余裕も出来た。そして、塚田恭治《つかだきようじ》と出逢った。

塚田はそのファミリーレストランに研修に来ていた店長候補の正社員だった。二十五歳。雛子とは十一歳も歳が離れていた。

モーションは塚田の方からかけて来た。元々塚田には年上の女を好む癖があったらしい。今でも雛子は、どうして自分が塚田の誘いに応じてしまったのか理解出来ない。正直に言えば塚田の外見は決して雛子の好みではない。四十にはなっても夫の安男《やすお》の方がまだしもハンサムだと冷静に見て思う。だが雛子は結局、しつこく誘い続ける塚田をはねつけ切れずに関係を結んでしまったのだ。膝小僧の覗《のぞ》くミニのワンピースとピンクのエプロンとが、雛子の心にそんな隙を生んだのかも知れない。

一度で後悔して、二度目はないと塚田に言った。だが塚田は承知しなかった。二度、三度と、ある時は拝み倒すように、またある時は半ば脅迫のようにして雛子を誘い続ける塚田にひきずられて関係を持った。

若い男の弾けるような肌と滴《したた》る汗や瞬く間に回復する形のいいペニス、そうしたものがもたらす一時の快楽。それは確かに、夫との性生活が何ヶ月かに一度になってしまった今の雛子の日常にとっては、唯一雛子を女に引き戻してくれる刺激ではあった。だが、それでいくばくかでも幸福だと感じると言えば嘘になる。行為の前もそして後も、心に湧き起こるのは苦い後悔だけだった。それなのに、結局雛子は塚田と別れられないでいた。なぜなのだろう。雛子は後悔の中でいつもそう自問した。だが答えは見つからず、ただだらしのない自分への自己嫌悪に苦しめられるだけだった。

2

「それにしても、ねぇ」母の昌江《まさえ》が雛子の喪服をハンガーに吊るしながら眉を寄せた。「殺されたなんて、ねぇ」

「お母さん、澄《すみ》ちゃんのこと、よく憶《おぼ》えてるの?」雛子が訊《き》くと、昌江は懐かしそうに笑った。

「ええ、ええ、よく憶えてるわ。あなた達はほんとに仲良しで、いっつも一緒に遊んでいたんだもの。澄子ちゃん、あの子は本当に素直な可愛い子だった。ここにも毎日のように遊びに来ていたじゃない。床屋の佐藤《さとう》澄子ちゃんと、それから文房具屋さんの……」

「庄子《しょうじ》ひとみちゃん」

「そうそう、ひとみちゃん！　名前の通りに目の大きな、ちょっと色の黒い綺麗《きれい》な子だったわよね。あの子は今、どこに住んでいるのかしら？」

ひとみは今、銀座でお店出してるわよ、と言いかけて雛子は言わないでおいた。幼い頃から独特の色気のある容姿をしていたひとみらしく、高校を出てすぐに銀座の水に飛び込んで二十年弱、今では貫禄もついた堂々としたママ振りで、時たまテレビの深夜番組に顔を出したりしているほどだった。だが母は深夜番組などは見ないだろうし、水商売と聞いただけで眉をひそめる古風な女性だった。

二十四年が過ぎたのだ。小学生だった仲良し三人組も、いつまでも可愛いだけの少女ではいない。ちゃんと三十六歳の女になり、そしてひとみは銀座のクラブのママになり、雛子は主婦となって若い男と不倫をし、澄子は……殺された。ささやかな家庭を築いていたマンションの一室で、下着姿のまま首を絞められて。

犯人はまだ、捕まっていなかった。

「今夜は泊まっていくんでしょ？」

母が、媚《こ》びるような目で雛子を見た。お願いよ、泊まって頂戴、と言葉に出さずに雛子に哀願している。

「うん」雛子は言った。「お通夜は遅くなるだろうし……明日の告別式にも出たいから」

本当なら泊まりたくはなかった。通夜とはいっても最近の習わしでは午後九時過ぎには弔問客もいなくなってしまうし、告別式は昼からなのだ。今夜電車で家に戻って、明日の午前中に出直して来ても差し支えはない。だが、本来は雛子のものでもあるはずのこの家に、十数年振りに戻ったのに泊まらせもしないと親蔵に噂されるのでは母が気の毒な気がして、雛子は泊まることにした。

こんな不自然な形になっているのは母のせいではない。雛子が中学に入った年の春に父親が病死して母子二人の暮らしが三年間続いたあと、母は家業の花屋の古くからの店員だった男と再婚した。そのことで雛子は母を責めるつもりはなかった。小さいながらもその店が繁盛していたのは新しい父となったその男のお陰だったし、未亡人のままでいるには母はまだ若かった。ただ不運だったのは、雛子と新しい父との折り合いがいまひとつうまく合わなかったことだった。やがて歳の離れた弟と妹が生まれ、雛子は次第に孤立した。それでも雛子がそこに住み続けていたのは、父の遺産としてその家の権利の半分を受け継いでいたことと、他にいくところがなかったという理由からだった。高校を出ると同時に雛子は家を出て川を渡り、それきりこの地には戻らなかった。

いや、正確には、雛子がこの家とその周辺の懐かしい下町を意識の外へと追い出したのは中学に入学した時だった。雛子は母の勧めで私立中学に入り、電車で通学するようになっていた。地元の友達と顔を合わせることもなくなった。澄子とひとみすら同じ地元の公立中学に入学していて、たまに遊びに来ても自分達だけに通じる話題で盛り上がってしまい雛子には淋しいだけだったから、次第に声をかけることもなくなっていった。そして父親の死によって、雛子は下町社会と完全に心理的な決別をした。

下町の空気はそれ自体おしゃべりでおせっかいで、人なつこい笑顔をした近所の人々は、そっとしておいて欲しい雛子の気持ちも酌《く》まずに話しかけ、欲しくもない慰めの言葉をかけ、しまいには、気をつけないと家も土地もあの男にとられてしまうよ、などと吹き込んだ。そうしたことのすべてを雛子は鬱陶《うっとう》しく思い、軽蔑《けいべつ》した。雛子は、駅から家まで歩く他には地元と関わりを持たなくなり、休日にも学校の友達と川の西側で遊ぶようになった。高校を卒業したら一刻も早く隅田川の向こうで暮らしたいと、雛子は母が再婚する以前からずっと思っていたのだ。

突然の澄子の死の知らせが、雛子をこの地へと連れ戻した。

澄子はずっとこの地に住み続けていた。高校を出て洋裁学校に入り、地元の洋裁店で縫子になり、そして幼なじみだった赤場《あかば》承平《しょうへい》と結婚した。承平は澄子の幼なじみであるだけではなく、雛子の幼なじみでもあった。みな同じ小学校に通っていた。雛子、ひとみ、澄子の三人と、それと数を合わせるようにいつも一緒に遊んでいた承平、大野《おおの》充《みつる》、斎藤新一《さいとうしんいち》の三人の男子。六人の、仲良しグループ。

喪服の襟についた小さなほこりを指で払い落としながら、雛子は、今初めて悲しいという気持ちに襲われていた。あまりに長い間考えもしなかった澄子という女性の、あまりに突然の死。雛子の心がそのことに反応するまでには少し時間がかかったのだ。だが一度反応すれば、その衝撃は思いの外に大きかった。澄子はもういない。この世のどこにもいない。

それは、けっして帰れはしない、だがそこに通じる道だけは今でも振り返った自分のうしろに白く長く延びていたはずの遥かに遠い幸福な日々が、その道が途絶えたことで、そこにいつかもう一度立ち戻れるかも知れないという微《かす》かな希望が今や完全に消えてなくなったのだという、どこか空虚な諦めを伴った小さな絶望だった。澄子が生きていようがいまいが、あの時にもう一度帰って六人の子供たちが笑い声をあげながら公園を駆け回ることなど出来はしなかったのに、それでもあの時の六人がそれぞれに違った道を歩みながらも健在でいるということは、これまで雛子にとって、密かな喜びには違いなかったのだ。

「澄ちゃん、なんでこんな目に遭ったんだろう」雛子は誰に言うともなく、喪服に向かって呟《つぶや》いた。

「強盗か痴漢の仕業だろうって」昌江が言った。「マンションでも二階だったから、犯人は簡単にベランダに忍び込めたんですって。それでサッシの窓をガラス切りで切って鍵を開けたんだそうよ。だから警察は、プロのマンション泥棒とか常習の強姦魔の仕業だと思ってるみたい。それにしてもよりによって澄子ちゃんが犠牲になるなんてね……赤場くんの気持ちを考えるとねぇ」

母は昔そうしていたままに、澄子の夫になった赤場承平のことを赤場くんと呼んだ。その言葉で、雛子の脳裏には小学生だった頃の承平の面影が甦《よみがえ》った。

赤場くん。赤場承平くん。

赤場承平には渾名《あだな》がなかった。男子の間では承平と名前で呼ばれ、女子は赤場くんと名字を呼んでいた。なぜ渾名がつかなかったのか、今考えても雛子にはその理由がわからない。赤場承平は渾名もつけて貰えないほど他の子供達から浮き上がっていたというわけではなかった。ただ、気軽に渾名で呼べないような雰囲気だけは確かにあった。承平は少し変わった子供だった。成績も良く読書家で、中学生が読むような漢字ばかりの文庫本をいつも抱えていた。だが嫌味な優等生だったわけではない。いたずらはよくやった。特に、教師に対しては端で見ていてヒヤヒヤしたほど反抗的な態度を示すことがあった。相手が大人であっても、理不尽な命令には逆らい圧力には決して屈しない。彼はつまり、雛子達同級生よりも精神的に遥かに成熟していたのだ。だが女子には優しかった。そのことでクラスの男子からからかわれることすらあったが、彼は平気だった。赤場承平は、誰かが女子に向かって「女のくせに」と言うのを聞くと烈火のごとく怒った。小さな差別に対しての凄烈《せいれつ》な義憤を弱冠十二歳の子供が持っていることは、当時の雛子達には、むしろ理解し難いことだった。

そんな承平が、六人グループの中ではいちばんおとなしくて目立たなかった澄子と結婚したと聞いた時、雛子は正直に言って少し失望した。承平にはもっと、自己主張の強いキャリアタイプの女性が似合うと漠然と思っていたのだ。だが承平も所詮普通の男だったのだろうとも考えた。承平にしてもいざ大学を出て社会人になってみれば、男社会に都合のいい女を選びたくなるようにもなるのだろうと。考えてみれば雛子自身、赤場承平に英雄的な輝きを見て好ましく思っていたことなどとうに忘れ、いつの間にか、夫にとって都合のいい妻でいることを選んだのだ。その方が楽だったし、その方が安心出来た。短大を出て勤め始めて知った、社会人であることの様々な苦労や軋轢《あつれき》、摩擦、そうしたものから逃れて安全な巣箱の中で子育てに没頭し、運ばれて来た餌《えさ》で満足する生活は、決して悪いものではなかった。

雛子は、着ていた服を脱いで喪服に着替える間中、赤場承平のことを考えていた。今夜澄子の通夜で承平に会った時、自分はどんな顔をしていればいいのだろう。慰めの言葉などは鬱陶しいだけ、顔だけで作った悲しみも煩《わずら》わしいだけ、愛する者を失った悲しみの中にいる時、人は決して素直にはなれない。そのことを、雛子はよく知っていた。愛する者を惨殺された夫の身である承平にとって、家庭の主婦におさまって幸福そうにしている雛子の顔を見ることなど、苦しみ以外の何物でもないだろう。

行くべきではないのかも知れない。通夜も、告別式も。

だが雛子は、そう考え続けながらもほとんど機械的に、喪服に袖を通していた。どんなに誰とも会いたくない、何も言って欲しくないと思っていても悔やみの言葉を受けるのが遺《のこ》された者の務めであり、何を言ってもむなしいとわかっていても悔やみを述べに出掛けるのが世間なのだ。常識なのだ。

大人になるということなのだ……

3

澄子の通夜は、耐え難いほど陰鬱な空気に包まれていた。天寿をまっとうした相応の年齢の人間をおくるのであれば、弔問客の気持ちも比較的軽く家人の涙もさほどに辛くないだろう。だが今度のように、まだ四十にもならない女性が、しかも近所でも悪い噂ひとつなかった平凡な主婦が通り魔のような暴力で惨殺されたとなると、縁もゆかりもない人ですらも沈痛な気持ちになるものだ。まして被害者と何らかの親交があって通夜の席をおとずれた人々は、みな一様に言葉を失っており、この度はとんだことで、と決まり文句の半分を口にするのがやっとだった。

雛子も何か言おうとしたがうまく言葉に出来ず、ただ頭を下げて焼香の列に加わった。澄子の棺のそばで焼香を受ける赤場承平の顔を見ることは、雛子には出来なかった。下げたままの視線の上の隅に、マンションの集会所が用意した遺族用の椅子の列のいちばん前に座っている承平の黒いズボンの膝と、その上に置かれた拳《こぶし》が見えた。その拳は白く色が抜け、小刻みに震えていた。

焼香が済むと、葬儀社の社員らしい年配の男性が、どうぞ故人の為にと小声で耳打ちしながら集会所の奥の和室を指し示した。雛子は気乗りがしなかったが、わざわざ通夜にやって来て酒のひとくちも啜《すす》らないで帰るのではかえって冷たいと思い直した。

一渡り見回して、ひとみを見つけた。さすがに銀座の夜に生きる女らしく、ひとみには黒がとびきり似合っていた。地味で質素なワンピースの喪服なのに、まるでブランドもののドレスのように映えている。化粧も地味にして髪型もわざと年配風にまとめ、襟元の真珠すらひどく小振りなものをしているのは、澄子の死に方が死に方であっただけにひとみなりに気を遣った結果だろう。

ひとみは、立ったままの雛子にすぐに気づいてそっと片手をあげた。

雛子はひとみの隣りに座った。伏せてあった空のコップに、ひとみがビールを注《つ》いだ。雛子は軽く頭を下げて口をつけた。

八畳ほどの小さな和室には数人の客がいたが、酔っている客はいなかった。酔うほど腰を落ちつけて故人の思い出話が出来るような雰囲気ではない。だが下町の習慣で、仕方なく酒に口をつけて帰るという感じだろう。

「出ようか」

少しして、ひとみが雛子に耳打ちした。雛子は頷《うなず》いた。

「刑事がいっぱい、来てたね。雛ちゃん、気がついた？」

ひとみが歩きながら訊《き》いた。雛子は首を横に振った。実際、何も気がついていなかった。

「あたしはさ、商売柄警察とヤクザはすぐに見分けられるから」

「でもどうして、お通夜に刑事が？　強盗か強姦魔の仕業なんでしょ？」

ひとみは困ったような微笑を浮かべた。

「澄ちゃん、男がいたんだ、多分」

雛子は驚いて本当に口が半開きになってしまったのを感じた。

「ともかく、ちょっとコーヒーでも飲まない？」

ひとみに誘われるまま、雛子は目に付いた喫茶店に入った。

「澄ちゃんから電話貰ったのは、ひと月くらい前だったかな」

　ひとみはおしぼりの袋をパンと破って言った。

「男とうまく別れるにはどうしたらいいのか、簡単に言うとそういう相談だった。勿論、澄ちゃんのことだからもっと上品に、恥ずかしそうに言ってたけどね」

「男と……うまく……」

「そう。要するに彼女、不倫してたわけね。赤場くんはそれを知らなかった」

　雛子は何と言っていいか見当がつかなかった。あの澄子が。良妻を絵に描いたようだと誰もが言っていた澄子が。

「気の迷いだったんだろうな。ほら、澄ちゃん、子供いなかったでしょ。あたしもこの歳で子供がいないから澄ちゃんの気持ちってわかるんだけど、若い頃は子供なんて別にいらない、いなくても構わないと思っていても、四十が近づくと、ふっとたまらなくなるのよね。ああ、もうじき欲しくても産めない歳になっちゃう、本当にもう死ぬまで子供を持てなくなるんだって……。男にはわかんないよね、そういう気持ち。だって男は、その気になれば七十になったって自分の子が持てるんだもの。若い内は子供なんていない方が気楽でいいって好き勝手に生きておいても、歳とって欲しくなれば若い女に産ませられる。なんだか不公平だよね……」

雛子はひとみの話し方の中に、赤場承平への抗議を感じとっていた。澄子と承平の夫婦に子供がいないのは不可抗力によるものだとばかり思っていたのだが、ひとみの話振りから察するにどうやら、承平が子供を望んでいなかったというのが真相のようだ。だが、それは信じがたいことのような気がした。小学生にして既にフェミニストの片鱗《へんりん》を垣間見せていたあの承平は、女に産まないことを強制するようなエゴイストではなかったはずだ。もし澄子が望んだならば産むなと言ったとは思えない。それともやはり、歳月の遥か向こうにいる小学生の赤場承平と、さっき通夜の棺のそばで拳を震わせていた赤場承平とはすでに別の人間になっているのだろうか。

「赤場くん……子供欲しがらなかったの？」

雛子はそっと訊いた。ひとみは首を傾《かし》げた。

「……らしいね。でも詳しくは知らない。あたしも銀座に出るようになってからはあんまり澄ちゃんと会わなくなったし。でも、時々は電話くれてたよ。子供は欲しいんだけどって言っていたこともあるけど、澄ちゃんって、ダンナの悪口をペラペラ喋るような子じゃなかったもんね、元々」

確かにそうだろう。澄子はあの頃から、誰かの悪口などほとんど言わない子供だった。おとなしくてすぐに頰が紅くなり、誘えば嬉しそうについては来るが自分からは何かをしたいという意思表示をあまりしなかった澄子。そんな澄子が、不倫……

「淋しかったなんて」

ひとみは、焦げ臭いコーヒーにミルクを流し込み、ちょっと啜って顔をしかめた。

「あたしに言わせたら淋しかったなんて、言い訳にもならないけどね。何不自由ない家庭の奥様の不倫なんて、所詮《しょせん》はダンナのからだに飽きた欲求不満が原因なんだから。でもねぇ……あの澄ちゃんにそう言われると、なんだか変に同情しちゃって。それでね、その相手の男ってのがちょっと困った奴だったらしいのよ」

「困った奴？」

「うん。澄ちゃんは二度か三度の不倫ですっかり後悔しちゃって、別れたいって言ったらしいんだけど相手が承知しなかったんだって。その相手も妻帯者だったのに、自分は本気だ、いつでも妻と離婚する、だからおまえも亭主と別れろって迫ったらしいの。それで澄ちゃん、どうしたら綺麗に別れられるだろうって」

雛子は背中の中心に痒《かゆ》みのような微かな寒気を覚えて身震いした。二十数年の歳月のあとで澄子と自分とが同じように無意味な浮気をし、相手の男にしつこくされるという目に遭ったことが、単なる偶然のような気がしなかったのだ。しかも……澄子は殺された。

「で、結局、別れること出来たの？」

雛子はひとみの視線を巧みにそらしながら訊いた。ひとみと目が合ってしまえば、雛子自身の不倫についてもひとみになにか感づかれてしまいそうだった。

「一応はね。そういう時は弱みを見せたらおしまいよ、毅然《きぜん》として突っぱねるしかないのよってアドバイスしておいたのよ。主人に打ち明けますって開き直りなさいって。澄子が金持ちの奥様なら相手もプロって可能性があるけど、今度の場合は多分、相手は素人《しろうと》だと思ったから。ともかく、それから暫《しばら》くして澄子からまた電話があって、その男とは別れられてほっとしているって言って来たの。それであたしも、良かったって安心したんだけど……それが……」

「じゃ！」雛子は思わずテーブルの上のひとみのワンピースの黒い袖口を摑《つか》んでいた。「ひとみ、あなたは澄子を殺したのはその男だと？」

「わからないわ。でも警察はきっと、澄子に浮気相手がいたことを探り出すはずよ。警察ってそういうことをほじくり出すのはとても上手でしょ。だから今夜だって通夜に来る弔問客のひとりひとりにああやって目を光らせてるのよ。浮気相手が普段から澄ちゃんのそばにいた男だとすると、通夜や告別式に出なければかえって怪しまれると考えて必ず出てくるはずだから」

「だって……行きずりの男だった可能性だってあるわ」

ひとみは、眉根を寄せたまま首を横に振った。

「澄子の性格から考えて、いくらなんでも見ず知らずの男と浮気出来たとは思わない。嫌な話だけど、これでもあたし、銀座の水に浸《つ》かって随分と男と女のことは見て来たわ。だから何となくわかるの。澄子のお相手は多分、赤場くんもよく知っている人ね。その人は澄子の淋しさに気づいて彼女を慰めていた。初めはきっと、友達として。そのうち本気になってしまった」

雛子は、ひとみの表情を窺《うかが》った。ひとみはもしかしたら、澄子の相手の男の名前を知っているのかも知れない。だが、そうだとしたらなぜひとみは、それを言わないのだろう。もしかしたらその男が澄子を殺したかも知れないと、ひとみ自身が思っているのに。

だが雛子は、それ以上ひとみに突っ込むのはやめにした。ひとみは伊達《だて》に銀座の水に生きて来たわけではない。しゃべらないと決めたことであれば絶対にしゃべらないだろう。それに、いずれにしても警察は、じきに澄子の相手の男を割り出すだろう。その男が犯人ならば逮捕は時間の問題だ。

「ねえ」ひとみが、今までの憂鬱そうな顔を少しだけ輝かせて言った。

「トム・ソーヤ基地、憶えてる?」

トム・ソーヤ基地。

勿論、憶えていた。六人で作った、秘密の砦《とりで》。

「あれ、楽しかったよね」

ひとみが言った。雛子も頷いた。

「あれを作ろうって言い出したの、赤場くんだったんだよね、確か」

「そうだった？」

「そうよ。赤場くんが新ちゃんやミツ坊と作り始めて、それで女子も招待しようって話になったって言ってたわ。ああいうとこに女の子が招待されるのって、すごくワクワクしたよね。普通は男子だけで楽しむんだもの。赤場くんって、やっぱりちょっとマセてたんだよ……男の子だけの世界に女の子も招待しようなんて、あのくらいの歳で考える男子ってちょっといなかったよ」

「でも」雛子は苦いコーヒーを口に含んで言った。「そのせいで誤解されたじゃない」

「うん。あれは悔しかったね。大人ってなんていやらしいこと考えるんだろうって……すごく幻滅した」

トム・ソーヤ基地は、雛子達がいつも遊んでいた川縁《かわべり》の大きな公園の、手入れされていない雑草がはびこった一画に作られた手作りの小屋だった。小屋といっても、丈の伸びた草を支柱にしてそれに枯れ草や拾って来た荷造りロープなどで適当に壁をこしらえ、上にダンボールの屋根を載せただけのものだったが、承平達はその小屋が完成すると、雛子とひとみと澄子の三人を客として招待してくれたのだ。トム・ソーヤとハックルベリー・フィンの物語に憧《あこが》れていた承平がそこをトム・ソーヤ基地と名付け、六人は様々なものをそこに持ち寄って自分達だけの隠れ家を楽しんだ。小学校六年生の夏だった。

雛子は当時、私立中学受験の準備で塾に通う生活だった。クラスでは一番成績の良かった大野充も同様だったが、雛子も充も時々塾をさぼってはトム・ソーヤ基地に顔を出した。そこに行けば、いつも誰かがいて、何か楽しいことがあった。そこに置かれたものは六人の共有物となり、新しい漫画も買ったばかりの四十色入り色鉛筆も、遠慮なく手に取ることが許された。小さな小さな、草の匂いのする共同体。夕立が来ると集めてあったビニールの袋で必死に小屋を覆い、台風接近のニュースが流れれば、手に入るありったけの紐や板切れを掻《か》き集めて来て、六人で汗だくになりながら小屋を補強した。それでも台風が去った後は、やはり小屋は半壊していた。六人は、黙々と草や板を拾って再建作業にかかり、完成するとみんなで何度も万歳をして跳ねた。めくるめくほどに楽しかった、あの夏。六人が一緒に過ごした最後の夏。

だが夏休みが終わり秋風が吹いた時、六人の冒険は終わりを告げた。

事件の発端はクラスの中で何人かの生徒がトム・ソーヤ基地のことを嗅ぎつけ、仲間になりたいと言い出したことだった。だが六人はそれを拒絶した。ささやかな共同体はささやかなままでおかなければ崩壊することを、子供ながらに知っていたのだ。しかしそれが嫉妬《しっと》を招いた。仲間に入れなかった生徒は親達に悪意のある尾ひれをつけて告げ口し、親達は仰天した。大人達の薄汚れた想像力は、男女の子供六人が小さな小屋の中で何か変なことをしている、という子供の話を更にねじ曲げ、六人が性的な悪戯《いたずら》にふけっていると思い込んだ。担任に抗議が殺到し、六人は弁明させられた。そんな馬鹿げたことを弁明しなくてはならないということ自体が、幼いながらに誇り高い冒険家であった六人の気持ちをひどく傷つけた。いちばん傷ついていたのは赤場承平だった。承平はそれ以降、担任教師とも口をきかなくなった。担任は最終的には六人の言葉を信じると言ってくれたが、父母の圧力には勝てずに、公園の小屋にはもう行かないと六人に約束させた。

トム・ソーヤ基地は、学校から連絡を受けた区の公園管理局の手で「清掃」された。

「あの頃にはもう、戻りたくても戻れないもんね」ひとみは、カップに残ったコーヒーをスプーンでつつくようにかき回していた。「男の子と女の子……男と女じゃなくて、さ……お互いにお互いのこと、ちょっと不思議でちょっと鬱陶しいって思いながら、それでもどちらかが欠けていたらやっぱり淋しかった。別に何をするわけでもないんだけど……一緒に何かしていたら楽しかった、ね」

「澄子が……悪いのよ」

　暫く黙ったままでいてから、ひとみはまた、ぽつりと言った。

「え？」雛子はひとみを見つめた。だが、ひとみは口元に作ったような微笑みを浮かべて、弁解するように頭を振った。

「ごめん、そういう意味じゃない……たださ……あたし、やっぱり嫉妬してんだ。普通の奥さんに。雛ちゃんにもね。自分で選んだ人生だし、結局これで良かったって思ってるんだけど……だって、これでも一応、銀座にお店が持てたんだもんね。それも雇われじゃないんだよ、あたし。雛ちゃんには説明してもわかって貰えないかも知れないけど」

「ううん」雛子は首を振った。「すごいってことはわかる。ひとみは頑張ったんだなって。あたしなんかそれに比べたら……」

「よそうよ」ひとみは明るい笑顔になった。「あたし達、ともかく精いっぱい歳とったんだ、誰かと比べたってしょうがないじゃない……澄ちゃんは可哀想だった。せめて、三人がお婆さんになってからまたおしゃべりしたかったね。その頃になったらきっと、どんな人生を歩いてたっておしまいはみんな似たようなもんだって笑えたかも知れないもんね」

「……うん」

　雛子は、ひとみの目の中に溜まっている涙を見ながら頷いた。自分の目尻からも一粒、水滴がこぼれて頬を伝うのに気づきながら。

4

その晩、雛子は義理の父から、雛子が所有している土地の権利を譲ってくれないかと持ちかけられた。いつかその話が出ることは覚悟していたので、雛子は腹も立たなかった。実父の遺した遺産のうち現金化出来たものはほとんど相続税の支払いでなくなり、雛子の持ち分として残ったのは土地の権利の半分だけだった。商売を続けてゆく為には土地を手放すわけにはいかず、結局、雛子は自分の唯一の財産を母に預けた形で家を出た。バブル期に土地の値段が高騰《こうとう》した時には何とか取り返せないかとぶつぶつ言っていた雛子の夫も、バブルが崩壊してからは何も言わなくなった。だが義父はずっと以前から、早くすっきりしたいと考えていたに違いない。土地の値段が暴落した今は、雛子から捨て値で買い取るには絶好のチャンスだった。

提示された額は呆《あき》れるほど少なく、どうせ自分達が商売している限りは他人に売ることも出来ないのだからと狡猾《こうかつ》に話を進める義父には我慢出来ない不愉快さを感じたが、それでも雛子は、そろそろ潮時だろうと諦める気持ちになっていた。

この土地と……下町と、本当に別れる時が来た。澄子も死んだ。土地も自分のものでなくなる。帰る家がなくなる。あたしは、川の西に永遠に住む人間になる。

正式な返事は主人と相談してから、と答えながらも、雛子はすでに決心していた。

翌日の告別式も、通夜に劣らずに陰鬱なものになった。注意して見てみると確かにひとみの言った通り、どうやら刑事らしい人間の姿もあった。だが赤場承平の拳は、もう震えてはいなかった。承平は、喪主として立派に振る舞い、弔問客に丁寧に頭を下げていた。

雛子は承平の顔を、初めてまともに見た。面影は、そのまま残されていた。あの頃の……トム・ソーヤ基地で笑っていた承平の顔。その頃から少しおとなびていた承平の顔は、今はもうすっかり、落ち着いた男性のそれになっていた。白目は赤く充血し、眠っていないらしい頬はやつれて色が抜けたように青白かったが、それでも、不思議なほど変わっていない、と雛子は思った。

出棺が済み、雛子はひとみに誘われるまま、火葬場に向かうバスに乗り込んだ。バスの中に、大野充と斎藤新一がいた。二人とも雛子とひとみにすぐに気づき、周囲をはばかりながらも挨拶を交わした。有名私立中・高を経て親の期待通りに医大に入り、無事に医師になって大学病院に勤めている充と、家業を継いで水道工事屋の若社長に納まっている新一。だが二人は現在の生活環境の違いなどには関係なく今でも親しげだった。そして、二人ともやはり、あの頃からほとんど変化していないように思えた。

男の子は変わらない。雛子は、ふとそう思った。だが女は変わる。もしかしたら誰よりも自分がいちばん変わったのかも知れない。

澄子の骨は細かく砕け、大部分が灰になっていた。ひとみと二人でひとつの骨を持ち上げた時、それがあまりに小さくて白いので、雛子はまた悲しくなった。

雛子とひとみの持つ箸《はし》から小さな骨片が壺《つぼ》の中に落ちた時、背後で啜り泣く声が聞こえた。そっと横目で窺うと、大野充が取り出したハンカチを目にあてていた。そう言えば幼い頃から、充は感激屋だったと思い出した。クラスで飼っていた金魚が浮いているのを見つけて啜り泣いていた顔が雛子の脳裏に甦った。雛子は、切なくなってひとみを見た。

どきり、とした。ひとみはじっと、充を見つめていた。その目は大きく見開かれ、異様なほど光っていた。

＊

すべてが終わって家に戻り、喪服から普段着に着替えると、雛子は母にだけ挨拶《あいさつ》して生まれた家を出た。玄関で振り返り、その古ぼけた建物に心の中でさよならを言うと、雛子の決心は固まった。これでお別れだった。

この町に、あたしは多分もう戻らない。

ボストンバッグを抱えて歩き出して、雛子はふっと、最後にあの公園に行ってみたくなった。二十四年振りに、あのトム・ソーヤの基地の跡に立ってみたくなった。

公園はすっかり変わっていた。入口の位置だけは記憶のままだったが、そこにあったはずの藤棚も、正面に見えていたコンクリートの大きな築山風の遊具も、ブランコも滑り台も何もなかった。すぐ向かいの貯木場を埋め立てて大きな児童公園が作られた代わりに、それまで児童公園も兼ねていたこの公園は、野球場と区民公会堂の建物を残してすべて小さな植物園に作り替えられていたのだ。子供達の姿はなく、隠退して年金生活に入っているらしい老人が数名、そろそろ咲きかけたコスモスの花壇の前のベンチに座っている他は、草野球のチームが練習している声が響いているだけだった。

雛子はそれでも、一縷《いちる》の期待を込めて公会堂の建物の裏手にまわった。そこは運河に面した公園のいちばんはずれで、あの頃もその公会堂の裏手だけはほとんど手入れのされていない雑草の茂る草むらだった。公会堂は建て直されて綺麗になってはいるようだったが、場所は見たところ動いていない。もしかしたら、あの草むらもそのまま裏にあるかも知れない。

ボストンバッグを片手にぶら下げたまま、雛子は我知らず駆け足になった。何かの予感めいたものが雛子を駆り立てている。あるはずはない、だがきっとそこにある、その矛盾《むじゆん》した思いが雛子の心臓を高鳴らせ、雛子はまるで長い間生き別れになっていた恋人にでも会いに行くような身震いを感じながら、今、そこに立った。

記憶していたよりも遥かに、草むらは小さく細長かった。誰も出入りしない公会堂の真裏の、運河に沿ったほんの僅かな空き地がそこだった。だが確かにあった。手入れされていない、あの草地だ。雛子は静かに近づいた。その草むらの中に、小さな弱い生き物でも潜んでいるかのように、そっと、そっと息を潜めて。

ああ。

わかっていたような気がした。それがそこにあることを、知っていたような気が。

草むらの中に、その小屋は建っていた。外からはそれとわからないように巧妙に雑草の林の中に隠されてはいたが、ほんの僅かに草の間からのぞいている板ぎれと、それに縛り付けられているロープの結び目に確かな見覚えがあった。赤場承平が結んだ結び目だ。彼しか出来なかった、船乗りの結び方だ。承平はそれを、図書館から借りて来た大人向けのヨットレースの専門書にあった図解から学びとり、何度か試行錯誤を繰り返したあげくについにきちんと習得して、誇らしげに雛子達の目の前で結んで見せたのだ。絶対にほどけないんだよ、これなら台風でも大丈夫。そう、それはほどけなかった。台風で骨組みがバラバラになってしまった小屋の、だがその結び目だけは無事だった。

雛子は腰を屈《かが》めて草を分けた。

カモフラージュされた入口をそっと手で押し広げ、トム・ソーヤの基地の中へと身を滑らせた。

大人の背丈にはひどく天井が低い。だが中は意外と広く、足を伸ばす余裕もあった。清潔そうなビニールの茣蓙《ゴザ》まで敷いてある。


懐かしい、草の匂い。目を閉じると、時は二十四年の歳月を滑って雛子をあの夏に連れ戻した。仲間の声がする。澄ちゃん、ひとみ、ミツ坊、新ちゃん、そして赤場くん。

いろんな話をした。学校のこと。テレビのこと。中学のこと。将来のこと。家のこと。中学生になったらどんなクラブに入りたいか。新ちゃんはボクシングがやりたいと言い、でも中学にはボクシング部はないよと言われてがっかりしていた。赤場くんは新聞部。ミツ坊は文芸部に入ると言ってみんなを驚かせた。詩を書くんだ、とミツ坊は真っ赤になりながら打ち明けた。愛についての詩を書きたい。

愛ってなぁに？　歌謡曲の中にたくさん出てくる言葉。みんなその意味を自分はもう知っていると思っていた。そのくらい、知っている。どうやって赤ちゃんが産まれるかだって知っているもの。だがあたし達はその時、誰一人知らなかったのだ。愛って何なのか、その本当の答えを。今だって……


夕暮れが近づくと、思い思いに沈んでゆく夕陽が運河に映る金色の時間を楽しみながら、いろんな歌を歌った。歌謡曲ばかりだった。雛子は南沙織が大好きで、『17才』ばかり歌っていた。それにいつも唱和してくれるのは、なぜか澄子だった。澄子は誰も気づかなかったけれど、本当は歌がとても上手《うま》かった。そして……そうだ、ある時、そっと澄子は言ったんだった……あたしね、歌手になりたいの。

澄子には夢があったのだ。あのおとなしかった澄子には、そんな大胆で楽しい夢が。あたしには何の夢があったのだろう。あたしは何になりたかったんだろう。そう……あたしは……宇宙飛行士になりたかったんだ！　そんな夢があったことを、二十四年間も忘れていた。だがあたしは宇宙飛行士になりたかった。前の年に父と母と三人で出掛けた大阪の万国博覧会で、月の石を見た。そして決心したんだ。宇宙飛行士になるんだ！

雛子は泣き出した。悲しいというよりも……嬉しかった。その夢にもう一度出逢えることが出来て。六人の夢を雛子はみな思い出すことが出来た。ひとみは看護婦さん、新ちゃんはボクサー、ミツ坊はお医者さんになって伝染病の研究でノーベル賞を貰う。赤場くんは……

赤場くんは……

草をはりつけたダンボールのドアが不意に動いた。雛子は、伸ばしていた膝を縮めた。

「赤場くん」

雛子は驚かなかった。あの結び目を見た瞬間に、赤場承平が今でも夏になるとこの小屋を作り、そこでたったひとり、あの夏の続きを過ごしていたことを知ったのだ。

承平は驚きで一度目を丸くし、じっと雛子を見つめた。だがすぐに、照れたような微笑みを浮かべて雛子の前に座り込んだ。まだ喪服のままだった。

「赤場くんの夢って……何だったっけ」

雛子は、他のことは言わずにそう訊いた。澄子のことにも触れず、悔やみの言葉ひとつもなしに。

承平はそんな雛子をじっと見つめてから、静かに答えた。

「革命家になること」


「そうだった」雛子は頷いた。「あたし、何度聞いてもその意味がわからなかったんだったわ。発明家とどう違うのって訊いて、あなたに笑われた」

承平は、膝を組んで胡座《あぐら》をかいた。

「浅間山荘の事件を憶えてる？」

雛子は頷いた。「一緒にテレビで見たわね」

「うん……授業中にね。あの時は、勉強しなくて済んで儲《もう》かったって思ってたけど、大人になってからあれはすごく不思議なことだったってようやく気づいたんだ」

「不思議な？」

「そうさ」承平は雛子の顔を真っ直ぐに見た。

「だってそうだろ？　確かにあれは歴史的な事件だった。でもね、小学生に見せていい映像だったのかどうか、考えてごらん。武装した警官や、大きな鉄の球が建物を破壊していく場面を、僕らは授業中に教室のテレビで見ていたんだよ。あの映像をなぜ僕らは見ていたのか。つまりそれは……先生が見ていたかったからなんだよ。あの時、あの先生にとっては僕らの授業よりも、あの映像を見ていることの方が大切だったんだ。いや、先生にも葛藤《かっとう》はあった。だから休まずに学校には来た。だがどうしても見ていたかった。大人の理性でも押さえきれないほど、見たかったんだ。それがなぜなのか。あの時、あの先生はどんな気持ちでいたのか。今でも僕は、時々そのことを考える」

雛子は思い出した。まだ若い、赴任して二年くらいの女教師の顔を。彼女は、あのテレビの画像の中で壊されてゆく山荘にたてこもっていた者達と、同じ世代だったのだ。

「僕らは遅く生まれてしまった」

承平は、独り言のように呟いた。

「僕の夢は、時代遅れだったのさ」

承平は、突然雛子の膝を掴み雛子を茣蓙の上に押し倒した。小屋の頼りない支柱がグラリと揺れた。雛子は身体を縮めたが、逃げるつもりはなかった。承平は何もしない。この基地の中では決して何もしない。そう雛子は信じていた。ここには男と女はいない。あたしは女の子で、彼は男の子なのだから。

承平は泣いていた。泣きながら、雛子を抱きしめて、ただ頬ずりした。

「澄子を利用していた」承平が泣き声のままで言った。「僕は、澄子を騙《だま》し続けていたんだ。彼女はおとなしくて口が堅い。僕の言うことならば何でもきくし、僕の言いつけは絶対に守る。そういう妻が必要だった。公安に決して目を付けられない、平凡な市民の中に溶け込んで隠れた活動を続ける為に。だが子供は駄目だ。子供まで巻き添えにしてしまう勇気は僕にはなかった。だから澄子には産むなと言った。澄子の……気持ちも考えずに。澄子は知っていたんだ。僕が彼女に隠れて何かしている……彼女に隠した生活を持っていることを。だが彼女は黙っていた。どんなにか、淋しかったか……澄子が他の男と寝たからって、僕には責める資格はない。でも、なんで……なんで殺されなくちゃならない？　それじゃあんまり……澄子が……」

泣きじゃくる承平の髪を、雛子はそっと指で梳《す》いた。

雛子は、嬉しかった。承平は今、決して誰にも打ち明けることの出来なかった秘密について、自分に話してくれたのだ。この小さな小さな隠れ家の中では、あたし達は、二十四年前から、ひとつの運命を共にする仲間だった。そのことを承平は憶えていてくれた。

承平は夢の近くにいた。きっと叶《かな》わないまま終わるだろうその夢を、二十四年の間ちゃんと大切に追い続けていた。承平のして来た事の善悪など、雛子にはどうでもよかった。澄子だってきっと、同じように思っていたのだろう。澄子自身は歌手になるという夢を忘れた。だからこそ、身勝手で残酷な夫であった承平を許そうと思っていたに違いない。それが承平の夢だったから。それが、あの夏の光の煌《きら》めきの、あたし達六人が大切にしていた思い出の、最後の残滓《ざんし》だったのだから。

雛子は、承平の頭を抱きしめた。

男の子の匂いが、した。

5

九月、赤場承平は指名手配された。

国際指名手配中だった過激派組織のメンバーが香港で逮捕され、その男の日本脱出の際の手助けをしていた疑いが持たれていた。雛子はだが、承平が何をしてこの二十四年を過ごして来たのかを今になって知りたいとは思わなかった。大切なことは、承平があの夏の続きを生きていたという事実だけだった。そしてもうひとり、あの夏の夢にいちばん近いところにいたはずの大野充も、その半月後に逮捕された。赤場澄子の殺害容疑で。

ひとみは知っていたのだ。澄子の相手が充だということを。だが彼女は言わなかった。ひとみもまた、トム・ソーヤの季節を何よりも大切にしたかったのだ。いずれは警察の手ですべてが壊されると知っていても、自分からそれを壊したくはなかったのだ。いや……もしかしたら、ひとみは充のことが好きだったのかも知れない。ずっと、ずっと昔から。雛子は、ひとみの夢を思い出した。看護婦さんになりたい。そして医者になる夢を持っていた充。あの時、悪いのは澄子だと呟いた時のひとみの声が雛子の耳の奥に甦った。

二十四年が重かった。トム・ソーヤの夏を共に過ごした六人は、いつのまにか男の子と女の子から男と女になっていた。

充がなぜ澄子を殺してしまったのか、そのことを雛子は少しだけ考えた。だがすぐに、考えるのをやめにした。充もまた、自分が掛けた梯子《はしご》が夢には届かないことを知っていたのだという気がした。それより先、それより深くは、所詮、誰にもわからない。

愛についての詩が書きたい。

耳まで赤く染めながらそう言った充の幼い顔が、遠い時間の果てにちらついた。

雛子は塚田恭治と別れた。今はもう、自分がなぜ、塚田との情事をきっぱりと断ち切れないでいたのか、その本当の理由に気づいていた。

あたしは冒険がしたかったんだ。何でもいい、何でもいいから、あの遠い夏に感じていたような心の高まりを、他人には話せない秘密を持ちたい、それだけだった。だがそれが塚田との情事などでは代用出来ないものなのだということを、あたしは知ってしまった。

＊

汚れた地下街の通路の途中で、雛子は一瞬だけ足を止めた。

ホームレスの人々がこしらえた様々な形のダンボールの家。微かに漂う酸味のある異臭の中で、どこか誇らしげに林立する紙の家。その家の作り方にはどうやらノウハウがあるらしい。ダンボールの組立方も、少しだけ使われた荷造り紐の結び方も、決してでたらめではなく規則的だ。

雛子は、二秒だけその中の一戸を見つめ、それから素知らぬ顔のまま歩みを早めた。辞めたファミレスのパートの代わりに小さな保険事務所の電話番となって雛子は毎日そこに通うようになり、そして数日前にそれを見つけた。特徴のある結び方をした白い紐。

雛子の夢は二十四年間忘れられ、今ではもう決して届かないところに遠のいた。来年の夏が来ても、あの公会堂の裏の草むらにはトム・ソーヤの基地は多分もう、作られることはない。だが……ささやかな冒険は、まだ出来る。むなしい浮気などではない、本当の、そして誰にも知られない秘密の冒険が。

あたしは誰にも言わない。

雛子は振り返らずに、赤場承平の新しいトム・ソーヤ基地の前を、静かに通り過ぎた。

やすらぎの瞬間《とき》

1

　叶恵《かなえ》がその女を見たのは初めてだったが、同僚の有子《ゆうこ》は以前にも何度か彼女を見たことがあったらしく、ハンドサインで『要注意』と合図して来た。叶恵は緊張して頬が強張《こわば》るのを感じながらも、必死にさり気ない風を装い、肩の落ちたスーツをハンガーにかけ直す振りをしながら彼女の手元をじっと見つめた。

　万引きは後を引く犯罪だと言われる。癖になるのだ。一度やってしまえば痛い目に遭うまでは自分の意志で止《や》めることが難しい。今度は捕まるだろう、今度こそ駄目だろうと思いながらも商品に手が伸びてしまうことを押さえきれない。麻薬のようなものなのかも知れない。

　だが叶恵にはどうしても、その心理がいまひとつ理解出来なかった。いったいどうして、生活を滅茶苦茶にしてしまう危険を冒《おか》してまで、そんな僅《わず》かな金額の物を盗もうとするのか。しかもほとんどの場合、成人の、特に女性の常習犯が盗む品物は大して欲しくもなく使いもしない物ばかりなのだそうだ。サイズの合わない下着や好みではない色のブラウス、興味のない本や雑誌、飼ってもいない犬の首輪。小遣いが足りなくて欲しい物が買えない中学生の万引きとは、何か根本的に異なる要因がそこにはある。

快感なんだろうか。

叶恵は、有子が要注意としたその客の顔を密かに眺めながら想像した。

盗むことの快感……法を犯すことの快感。或いは、首尾良く犯罪を実行した時の、自分自身を賛美する快感。

万引きを成功させた瞬間にエクスタシーに達する女性の話も何かで読んだことがあった。その女性にとっては、盗むという行為は性的な興奮をもたらす行為に他ならない。

叶恵はその女の白い肌と、鼻の脇に浮き出ている淡いソバカスにじっと見入った。

美人ではなかったが男性を惹《ひ》きつけそうな顔をしていると思った。どこかはかなげで、守ってやりたいと男に思わせる顔。だがその女の瓜実顔《うりざねがお》の寂しげな横顔に、そんなアブノーマルな快感を求める資質があるとまでは叶恵には思えなかった。しかし人の本性などは外観ではまるでわからないものだ。ましてその人間の裏の顔とでも言うべき性的快楽における趣味は、外観はおろか社会的な地位や仕事、生活環境などからでもとても計り知れない多様性と複雑さとを持っていることぐらいは、叶恵にも想像が出来る。叶恵自身の内部にも、時にはノーマルから少しはずれた快楽を求める気持ちがまるでないとは言えないのだ。

有子が合図して来たからには、その女が以前にもこの店で万引きを実行したことは明らかだった。犯人だと判っていても、現行犯でなければ万引きを咎《とが》めることは難しい。証拠がないのだ。この店でも叶恵自身何度か、別の常習犯に自分の目の前で品物を盗まれてしまったことがある。質問されて丁寧に商品の説明をし終わって客が店から出てしまった後になって、その客の立っていた位置にあったハンガーが裸になっているのに気づくのだ。或いは、いちばん安いハンカチを買った客が、叶恵が包装に手間取っている間に帽子をひとつ失敬して消えてしまったということもあった。有子も以前にその女からそうした煮え湯を呑《の》まされているのだろう。

それにしても図太い神経だ。自分の正体が店の人間にバレているはずがないとたかをくっているのか、それとも悔しかったら現行犯で捕まえてみろという挑戦なのか。いずれにしても、普通の感覚ではない。

女はハンガーで吊るされたハーフコートのコーナーの前から暫《しばら》く動こうとしなかった。ハーフコートは、こんな商店街の中の冴《さ》えないブティックに置いてある商品の中では高額な部類になる。盗まれたら損害は大きい。だがちょっと摑《つか》んでポケットに押し込めるような大きさでもない。見たところ、女は紙袋も持っていず、小さなショルダーバッグをひとつ肩からぶら下げているだけだ。それでいったいどうやってハーフコートを盗むつもりなのか、叶恵はむしろ興味津々で女の手元を注視していた。

女が突然コートの前から入口の方へと移動したので、叶恵は内心ホッとしたようながっかりしたような複雑な気持ちを味わいながら、丁度入って来た別の客の応対に気を取られた。しかし目の隅ではチラチラとその女の動向を追っていた。

女が今眺めているのは、布を貼《は》ったマネキン人形に飾り付けた最新の白いパンツスーツだった。上下ともここ数年の流行に従ってぴったりと体に貼り付くような小さめのデザインだったので、人形に着せ付ける時でも叶恵と有子二人掛かりで結構苦労したのである。しかも、着崩れしないように前の打合せは裏側からピンで止め、肩も目立たない白いヘッドのついた待針で、人形の肩パッドにしっかりと止めてある。あれではどんなことをしても、気づかれないように服を脱がせて持ち去るのは不可能だ。叶恵は一瞬、その女の監視から気を抜いて客の応対に神経を集中させた。少なくとも女が別の場所に移動するまでは万引きされることはないだろう。

女は、とうとう諦めたようだった。店員にしっかりと見張られていることがわかったのだろう、マネキン人形のそばを離れると、そのまま店を出て行った。

「あらあ?」

有子がおかしな声をあげたのは、叶恵が応対していた客が買い物を済ませて立ち去った後だった。

「このマネキン、ペンダントつけていなかった?」

叶恵は慌てて白いパンツスーツのマネキン人形のそばに駆け寄った。

ペンダントが、ない！

マネキンは確かに、イミテーションの金色に塗られた安物のペンダントをしていたはずだった。間違いはない、何しろ、その朝叶恵が自分の家から持って来てそのペンダントをマネキンの首にかけたのだから。前日にこのパンツスーツを着せつけた後で、このままでは胸元が少し淋しいなと思ったのだ。どうせさほど高価なスーツでもない、安物でいいからパッと見た時にそれなりに格好がつくものを、と叶恵はそれを選んで来た。普段に使うアクセサリーを雑多に放り込んでおいた、鏡台の引き出しの奥から見つけ出して。

有子がゲラゲラと笑い出した。笑うのも無理はなかった。そのペンダントは、叶恵がゲームセンターのUFOキャッチャーでとった代物《しろもの》だったのだ。その時一緒に遊んでいた有子はそのことをよく憶《おぼ》えていた。

「よっぽど悔しかったのねえ」

有子が目に涙を浮かべるほど笑ってから言った。

「商品に手が出なかったからって、あんなもの盗んでいくなんてさあ」

「高い物と勘違いしたのかもよ」

叶恵は言ってみたが、自分でもそうは思わなかった。もしあのペンダントが本物の貴金属で出来ていたのなら、マネキンに飾ったまま店の入口に無造作に置いておくわけがないことぐらいは、普通の常識を持っていれば判断出来るだろう。有子の言う通り、目当てのものを失敬することが出来ずに腹立ち紛れにペンダントを盗んで行ったというのが真相に違いない。

だが、叶恵の心は妙にざわつき、落ち着かない気分になっていた。理由は、あの女がそのペンダントをどうやって盗んだのか、にある。

ゲームセンターの景品とは言え、そのペンダントはオモチャではなかった。最近のUFOキャッチャーの景品には、オリジナル商品だとかデザイナーズ・ブランドや人気キャラクターの小物だとか、買おうとすれば結構値段の張るものが使われている。そのペンダントも、今叶恵達OLには比較的人気のあるカジュアルウエア・メーカーの商品で、普通にアクセサリーとして使用して何ら不都合のない作られ方をしていた。つまり、首の後ろにある止め金はちゃんとしていて、そんなに簡単にははずれないようになっていたのだ。叶恵自身、朝そのペンダントをマネキンの首にかける時に、止め金の構造がすぐには理解出来なくて少し苦労したことを憶えている。いったい、あの女はどうやってペンダントをマネキンの首からはずしたのだろう。

叶恵は別の客の応対をしていたとは言ってもずっとその女の動きには気をつけていた。叶恵が女から完全に目を離していたのは、ほんの数秒間だったはずだ。そんな僅かの時間に、マネキンの背中に回ってペンダントの止め金をはずすようなことが、どうして出来たのだろうか。

ふと、足元で何かが光った気がして、叶恵はマネキンの立っている台の辺りに目をこらした。金色の何か……叶恵は腰をかがめてそれを拾い上げ、掌《てのひら》の上に置いた。小さな金属の輪……ペンダントの鎖だ！

「引きちぎったんだわ！」

叶恵は思わず驚きの声をあげた。

そうだ、あの女は止め金をはずしたのではない。引きちぎったのだ！

「なあに？」有子が叶恵の顔色に気づいて掌の鎖を覗き込んだ。「あれぇ、これ……」

「あの女、ペンダントをちぎって持って行ったのよ」

「うわあ、すっごい執念。ちょっと頭、おかしいのかもねぇ。だって壊しちゃったりしたら二度と使えないじゃないの、ねぇ。それとも修理して使うのかしらね」

そうではないだろう、と叶恵は思った。彼女は、ペンダントが欲しかったわけではない。ただ、それを盗みたかったのだ。盗むことそのものが、彼女の目的だった。それを盗む為には手段を選ばなかった。商品を破壊してしまっても構わなかった。

叶恵は弱い戦慄《せんりつ》を背中におぼえていた。

自分には理解出来ない何かの法則が、彼女の心を支配している。常識では推し量れないその女の行動の理由が、叶恵にはとても、怖かった。

2

「わかってるよ」

修司《しゅうじ》はあからさまに嫌そうな顔をして叶恵から目を逸《そ》らした。

「だけど言ってあったはずだぜ、今すごく忙しいんだ、だから希望通りにしてやれないかも知れないってことは」

「そう」叶恵は仕方なく頷《うなず》いた。「それならいいわ……電話、待ってる」

そう言う他にないのだ。修司にどれほど理不尽な扱いを受けても。

恋人同士であればごく当たり前のおねだりをしただけだった。ただ、ヴァレンタイン・デーの夜にはどこかのレストランで食事でもしたい、と言っただけだった。それなのに、もはや修司には嘘を吐《つ》くだけの思いやりすら残っていないらしい。

修司の心の中は手に取るように読めた。本命の彼女……礼子《れいこ》との約束がまだ出来ていないのだ。礼子と夜を過ごせることになれば叶恵のことなどはどうでもいい。だが礼子にその夜のデートを断られてしまえば、街中がカップルで溢《あふ》れる夜にひとりでいるよりはとっくに飽きてしまっている叶恵のからだであっても抱いていた方が得だと修司は計算している。だから断りもせず約束もせず適当な返事でごまかしている。そして少しでも叶恵がしつこく言えば、こうやって露骨に嫌そうな顔をして見せるのだ。おまえのことなんかいつだって捨ててやる、という脅しの為に。

なぜこんな惨めな思いまでしてこんな不誠実な男の為に尽くすのか、叶恵は時々、自分で自分がわからなくなる。修司はろくな男ではないのだ、冷静に考えてみれば。ルックスにしたところで抜群というわけではないし、勤めている会社も一流半くらいの中堅メーカーで、給料にしてもさほど多いというわけでもない。その割に遊び好きで、夏は水上バイクを自慢のオフロードカーで引っ張って日曜ごとに海、冬になれば周末はスキー。だから貯金もろくにない。将来のことを考える相手としては最低だろう。自分が来年で二十六になることを叶恵は十分に承知している。そろそろ、遊んでいて楽しい男ではなく、人生を一緒に歩くのにふさわしい男を探すことに専念すべき年齢なのだ。修司の心変わりはある意味で、潮時ということなのかも知れない。別に悲しむことはない……むしろ、いいチャンスじゃないか。

そう頭ではわかっているのに、叶恵は結局、顔を見れば修司のご機嫌をとってしまう自分に半ば呆《あき》れ、修司とのデートから帰った夜には情けなさと自己嫌悪とで眠れずに夜を明かしてしまうこともたびたびあった。

セックスに引きずられているとは思わない。修司の、思いやりの薄い幼稚で独りよがりなセックスは、決して叶恵を満足させもしないし幸福な気分にしてもくれなかった。ただそれでも、人肌の温《ぬく》もりや汗のひんやりした感触の気持ちよさを知ってしまったからだにとっては、独りになってしまうことへの不安と淋しさ、やるせなさは耐え難いものだった。新しい恋人が出来るまでは誰も自分を抱いてくれないのだと思うと、それがたまらなく辛いことのように思えてくる。耐えられないような気がしてくる。

嫉妬《しっと》なのかも知れない。修司が心を移した相手が、自分よりも五歳も若い女子大生の礼子だったということが、叶恵のプライドをひどく傷つけたのだ。叶恵は、そのことで益々自己嫌悪に陥っていた。次元の低い嫉妬の為に、人生の大切な時期をくだらない男に蹂躙《じゅうりん》させてしまう馬鹿な女。それがあたし……

修司はこの頃、またラブホテルを利用したがるようになった。知り合った当初は、デートのたびにシティホテルの眺めのいい部屋を予約しておいてくれた。それから叶恵のことをもっと知りたいと言いながら、叶恵のワンルームに押し掛けて来るようになった。時には自分のアパートの部屋に呼んで夕飯を作ってくれと甘えることもあった。そして今は、食事もそこそこに終えると駅の近くの派手な電飾で覆われたラブホテルに直行する。自分の部屋に呼ばなくなったのは、礼子に女の匂いを嗅がれたくない為だろう。叶恵の部屋に来なくなったのは、叶恵の生活や叶恵自身のプライバシーに興味がなくなったからだ。そう、修司が叶恵と別れると言い出さないのはただ、礼子をまだ、完全に自分の女にはしていない今、いつでも抱けるからだを手放してしまうのはもったいないと思っているから、それだけの理由だった。

修司はそんな狡猾《こうかつ》さも身勝手さも、もう隠そうともしていない。万一叶恵が耐えきれなくなって別れたいと言い出しても、それならそれで面倒がなくていい、くらいに考えているのだろう。修司はどこまでも卑怯《ひきよう》だった。自分から女を振る悪役すら、引き受けようとはしない。

ラブホテルから出ると、修司は明るく手を振ってさっさと駅の中に消えた。良心の痛みすら感じてはいないのだ。

叶恵は、滲んでくる涙を指先で拭《ぬぐ》うと、自分のワンルームがある方向へと歩き出した。

その時、駅から出て来た人物の姿に、叶恵はハッとした。あの女だ。マネキンからペンダントを引きちぎって無理矢理盗んで行った、あの女。

叶恵の心臓がどきどきと鳴った。今駅から出て来た彼女は、定期券を駅員に見せていた。つまり、この街に住んでいるのだ。そして叶恵が勤めているブティックは、この駅の向こう側にある。彼女は、自分の地元で盗みを続けていたのである。

叶恵には益々、その女の心理が理解出来なくなっていた。顔を知られている街で罪を犯し続ける女。いくら些細《ささい》な盗みとは言え、それは紛れもない犯罪なのだ。いつ告発され逮捕され、人生のすべてを失ってしまうかも知れない危険と背中合わせになってまで、どうして彼女はあんなにも執拗《しつよう》に頑固に、つまらないペンダントを盗んだりしたのだろう。

いつのまにか叶恵は、自分でも意識しないままにその女のうしろをつけて歩いていた。別に住所を突き止めて万引きを告発しようなどと思ったわけではない。ただ単純に、その女のことをもっと知りたいと感じただけだった。知ってどうしようというわけでもなく、だが知らなければ気が済まないような気持ちに駆られていた。

女は、駅から十五分ほど歩いたところにある、ごく平凡なワンルームマンションに入って行った。それは、叶恵が住んでいるマンションとよく似た、家賃から間取りまで想像出来そうな建物だった。女が建物の中に入ってすぐ、二階東端の部屋にあかりが灯《とも》った。叶恵は、たまらない哀しさを覚えながらそのあかりを見つめた。

そこには、自分とよく似た女の、独りぼっちの生活があった。叶恵よりも少し年上、おそらくあと少しで三十ぐらい。学校を出てからずっと会社勤めをして来て、若い頃にはちやほやしてくれる男性もいてそれなりに楽しく都会暮らしを満喫していたが、ふと気がつくと周囲の友人達はみな結婚という階段をのぼってしまい、いつのまにか独りになっていた。変化のない日々。出口のない平凡。仕事は日に日に単調になり、周囲の目は一日一日冷淡になってゆく。それでも、そこそこの収入と自由のある今の暮らしを捨ててまで、結婚に踏み切る勇気も、自分に対する自信もない。踏み切りたいと思うような相手もいない。明日の見えない不安の中にいながら、取りあえず馴染《なじ》んだ生活からからだを抜くことが出来ない、焦燥と自己嫌悪と、諦めに似た倦怠《けんたい》の毎夜。

それが単なる勝手な相像に過ぎないことに気づくまで、叶恵はじっと二階の東端の部屋のあかりを眺めていた。

それから、溜息を漏らしてその場から歩き出した。

馬鹿みたい。もしかしたら全然違うかも知れないじゃないの。仕事も面白くて恋人もいて、毎日充実した生活をしているのかも知れないじゃないの！

だが、そうではないことを、叶恵は確信していた。きっと自分の想像は当たっているだろう。その何よりの証拠が、あのちぎれたペンダントの鎖なのだ。

＊

その女を次に見かけたのは、叶恵の勤めるブティックの定休日の午前中だった。

叶恵は休日にはいつも、朝昼兼用の食事を摂《と》りに近くのファミリーレストランに出掛けることにしている。スパゲティとサラダのセットに食後のコーヒー、それをゆっくりと時間をかけて食べることが、叶恵の休日の最大の楽しみになっていた。日曜日なら家族連れ、夜ならばカップルで混雑するファミレスも、平日のランチタイム前だと客は少なく、明るいガラス張りの店内に小春日和の陽射しが差し込んで、なかなか気持ちのいい空間になっている。叶恵は、いつも頼むものは同じなのにカラフルな写真で埋まったメニューを目の前に広げ、のんびりした気持ちでそれを眺めていた。

その時、観葉植物の陰になっていて見えなかったテーブルから彼女が立ち上がった。叶恵は偶然に驚きながらも、彼女が伝票を手にレジまで歩くのを目で追った。それに気づいた店員が小走りにレジに向かい、女の差し出す伝票を見ながら打ち込みを始める。店員が彼女から目を離していたのは時間にして五秒。女は、レジの脇に並べられていたオモチャやお菓子の棚に手を伸ばした。そして品物には目も向けず、いくつかのオモチャを鷲掴《わしづか》みにしてそのまま肩から下げていたショルダーバッグに突っ込んだ。

叶恵は唖然《あぜん》としてその様子を見ていた。声をあげることも出来なかった。あまりにも大胆で粗雑で、そして無意味な窃盗だ。女は自分が何を盗んだのかさえもわかってはいないのだ。女の手が摑んでいたのは、幼稚園の子供が欲しがりそうな、駄菓子のついたオモチャだった。金を出して買っても五百円はしない。そんなものを、しかも同じものばかりいくつも、彼女は自分のバッグに入れてしまった。

病気なんだ。叶恵は思った。あれは病気だ。まともじゃない。

店員は何も気づいていない。女は顔色ひとつ変えずにレシートを受け取ると、出口に向かって歩き出した。ドアを開け、外に出る。

その瞬間。女の表情が変化した。その変化があまりに劇的だったので、叶恵は激しいショックを感じて手にしていたメニューを取り落とした。

彼女は、泣き出しそうに顔を歪め、それから大きな安堵《あんど》の溜息を吐《つ》いて、そして聖母マリアのように穏やかな微笑みを浮かべた。

彼女が無意味な盗みによって得ようとしているものは、決して刺激や興奮や快感ではないと、叶恵は思った。スリルを楽しんでいるのでもエクスタシーを得たいのでもない。生理や寝不足などでヒステリー状態にあるわけでもきっと、ない。

それは、全然別の何かだった。叶恵には想像が出来ないような、何か。

叶恵は、心の底からそれを知りたいと感じた。女がその顔に浮かべた微笑みには、叶恵がここ数年感じたことのない、安らぎと深い安心とがあった。心の平安とでも呼べるような、静けさがあった。

万引きという犯罪を成功させた直後に、なぜ彼女はあれほど安らかな気持ちになれるのか……

来客を知らせる赤外線探知機のチャイムが鳴った。店の奥にいても客が入って来るのがわかるように、入口にはセンサーが取り付けられている。叶恵は食べかけていたコンビニの弁当の箸《はし》を置き、カーテンを開けて応対に出た。そして、凍りついた。

入って来たのは礼子だった。

3

今年の早春、修司と出掛けた志賀高原で、礼子達女子大生のグループが、乗っていた車を雪の吹き溜まりに埋めてしまって立ち往生しているところに通りかかったのが不運だったのだ。女にはいつも表面的に優しい修司は、自慢のオフロードカーのウィンチを試してみたかったこともあって礼子達の車に近づき、助けてやった。その時、後で礼がしたいと言う彼女達に、修司は名刺を一枚手渡した。あれから一年弱。その一枚の名刺がどのように修司と礼子との距離を縮めたのか、もう知りたいとも思わない。いずれにしても、修司の心は叶恵から完全に離れてしまい、今はこの礼子に夢中なのだ。

礼子は美人だった。叶恵よりもずっと。そして若い。その若さは、単に年齢の問題だけではなく、礼子の育ちの裕福さとも関係していると叶恵は思う。礼子は贅沢だった。学生の身でいながら、いつも高価な服、高価なアクセサリーを身につけている。そしてそれが似合っている。修司のような男なら、礼子の持つ豪華で華やかな雰囲気に強く惹かれるのは当然なのかも知れない。そして礼子はまだ、将来の伴侶《はんりょ》として男を量らなくてもいい年齢だった。遊び慣れていて快活で、給与を浪費することを躊躇《ためら》わない修司は、女子大生のボーイフレンドとしては最適だろう。

あなたが邪魔なのよ。

にっこりと微笑んだ礼子の目の奥に、そう囁《ささや》く唇が見えたような気がした。

いい加減に身を引いてよ。いつまでも意地張ってるなんてみっともないわよ。鬱陶《うっとう》しいったらありゃしない！

だが礼子は決してそうは言わなかった。

「この近くのお友達のところに遊びに来たものですから」

そう言ってまた微笑む。

礼子はあくまで、困っていた時に親切にしてくれた女性として叶恵に礼を尽くしている。

それが礼子の利口なところなのだ。あさましいことは決してしない。あくまで上品に、汚れないように、叶恵が苛立《いらだ》って醜《みにく》く騒ぎ立て、自分から修司と別れると言い出すのをじっと待っている。そして修司に対しても一定の距離を保ち、叶恵との関係が完全に切れるまでは修司の前にすべてをさらけ出すような真似はしないのだろう。

「来週、音楽会に行くことになっていて」礼子はにこやかに話しかけて来た。「紺のベルベットのスーツの中に着るブラウスを一枚、欲しいなと思っているんですけれど」

叶恵は精いっぱい自分を押さえて親身になってブラウスを見立ててやった。店の中ではいちばん高価なイタリア製の白いブラウスを、礼子は選んだ。紺のスーツにならばよく合いそうだった。礼子はクレジットカードを出した。サインの仕方には自然な慣れがあった。いつもそうやって、親の口座から引き落としのあるカードを片手に礼子は、気ままな買い物を楽しんでいるのだろう。叶恵の一ヶ月の給料の四分の一ほどもするブラウスを買うのに、十分とは迷わずに。

礼子が店を出て行くと、叶恵は脱力感で立っていることが辛くなり、また奥の部屋に戻って椅子に腰を降ろした。

何もかも、むなしいと思った。所詮《しょせん》、礼子と自分とでは立っている足元の土が違う。これまで呼吸して来た空気が違う。価値観も物の考え方も、何もかもが違っているのだ。そんな相手に対していくら意地を張ったところで、自分が得る物は何もない。

修司と別れよう。

叶恵は、今度こそ固く決心した。

修司が礼子を選ぶというのなら、多分修司には礼子の生きている世界の香りが心地よいのだろう。そしてそれはつまり、叶恵自身の存在が修司にはすでに醜くつまらないものになっていることを意味するのだ。

コンビニで温めた弁当はすっかり冷めていた。叶恵は、まだほとんど食べていない弁当に蓋《ふた》をし、受話器を手にして修司の会社の番号をプッシュした。

＊

別れ話を切り出しても、修司は相変わらず快活なままで、形ばかり叶恵を引き留めようと心にもない言葉を口にしていた。最後まで、自分はいい奴でいたいのだ。叶恵は、今になって初めて、こんな男と過ごした三年半の月日が恨めしかった。人生の大事な時間を無駄にしてしまったと強く感じた。

「わかった」

とうとう修司は言った。悲しそうな顔までして見せて。だが演技は下手だった。修司の目元には、トラブルもなく女と別れられたことへの安堵と満足が滲んでいる。

「君がそこまで言うなら、仕方ないね。これまで楽しかったよ。でもこのままだとちょっと淋しいな。どう、最後に思いきり贅沢な食事でもして、夜景の綺麗なホテルにでも泊まらない？」

叶恵は頷いた。セレモニーがしたかったからではなく、最後に修司の金をたくさんつかわせてやるのもいいだろうと思ったのだ。どうせこれからは、礼子のクレジットカードのお陰でいろいろといい思いをするのだろうから。

約束はヴァレンタイン・デーの夜にした。修司は渋った。当然だろう、その夜は礼子の為にとっておきたかっただろうから。だが叶恵は、今度だけはその夜がいいと言い張って譲らなかった。修司は結局承知した。叶恵の臍《へそ》を曲げてしまって別れ話がこじれるよりは、好きにさせた方がいいと思ったのだろう。二月十四日は来年もまた来る。礼子とはこの先何度だって、ヴァレンタインの夜を共に過ごすことが出来るのだ。

その晩は、生理だと偽ってホテルにはついて行かなかった。修司とのデートの最後にセックスをしなかったのは、もう何ヶ月振りのことだったろう。だが不満も物足りなさもなく、叶恵はむしろすっきりした気持ちで改札を通る修司の背中に手を振った。

修司と入れ替わりに駅からあの女が出て来た。今夜は随分帰宅が早い。残業がなかったのかも知れない。

叶恵はまた、ふらりと女のあとをついて歩いた。

叶恵は知りたかった。あの笑顔の理由《わけ》を。物を盗むという罪を犯した直後にどうしてあんな穏やかな顔で微笑むことが出来るのか、その心の中にある秘密を。

女は真っ直ぐマンションには向かわず、少し手前のコンビニに入った。

やるつもりだ！

叶恵は早鐘を打ち始めた胸を両手で押さえて、女のうしろからコンビニの自動ドアをくぐった。女は缶ジュースを選んでカゴに入れた。食パンをひと袋とジャムの小瓶も手にした。それから雑誌をしばらく眺め、スナック菓子を物色するように通路を歩き、最後にカゴをレジに乗せると財布を出した。

叶恵はがっかりした。どうやらここでは何もしないつもりらしい。女は、支払いを済ませた商品の入った白い袋をぶら下げてレジを離れた。

その時。女の手が工業用ロボットのようにスーッと伸びて、レジの脇の専用ラックに並べられた色とりどりのガムを掴み、袋を持っていた手を持ち代える素振りをする間にそのガムは袋の中に滑り落ちた。

叶恵は慌てて店を出た。そして走って女を追い越してからそっと振り向いた。

彼女はまた、微笑んでいた。

今にも泣き出しそうに歪んだ唇が柔らかく整って、そこには限りなく美しい、安らぎに満ちた微笑みがあった。

突然、サイレンの音が聞こえて来た。叶恵の脇に一台の車が停《と》まった。中から男達が降りて来る。警察！　とうとう彼女の窃盗が告発されたのだ。

「沢田《さわだ》ゆりえだね」

男が彼女の前に立ちふさがった。白い紙切れを突き出して。万引きの告発に逮捕状？　刑事がひとり……ふたり……三人も！　これはいくら何でも大袈裟《おおげさ》なんじゃ……

「田中伸一《たなかしんいち》さんの殺害容疑で、あなたを逮捕します。言ってることは理解出来るね？」

彼女は頷いた。

呆気《あっけ》にとられている叶恵の目の前で、彼女は車に乗せられ、消えて行った。

4

彼女……沢田ゆりえ二十八歳は、六年間も不倫関係を続けていた上司の田中伸一をビルの屋上から突き落として殺していた。逮捕までに四ヶ月もかかったのは、田中が自殺したのか殺されたのかが判明しなかったせいらしい。だが事件を目撃していた人間が名乗り出て、遂にゆりえは逮捕された。

叶恵は、新聞を畳むと深く溜息を吐いた。

微笑みの理由はとうとうわからなかった。しかし彼女が犯していた罪は、万引きだけではなかったのだ。彼女は殺人という大罪の上に、些細《ささい》な窃盗という罪を塗り重ねていた。

叶恵は、引きちぎられた金色の鎖を思い出した。沢田ゆりえが何かを破壊してでも手に入れようとしていたもの。それはいったい、何だったのだろう？

＊

叶恵の勤めるブティックは、婦人服の販売会社が経営しているチェーン展開の店舗のひとつだった。本店は銀座にある。叶恵の就職の際の希望もやはり、銀座の本店に勤めることだった。だが他の多くの同僚達と同様に希望は叶えられず、短大を出てからもう五年間も、叶恵は郊外の駅前の商店街にある支店に勤めている。

午前中に仕事で本店に行く用事が出来ると叶恵は嬉しかった。ほんの一時間ほどとは言え、昼休みを銀座で過ごすことが出来るからだ。その日も、用事を済ませて本店を出ると丁度正午。叶恵はひとりでも食事が出来そうな店を探して銀座の街を歩いた。ランチタイムのビュッフェが人気の店の前には、早くも行列が出来ていた。その店は一、二階が普通のレストラン、三階は会員制の高級レストランになっている。叶恵が行列の最後に並びかけた時、三階から直接通りに出て来る階段を、修司と礼子が降りて来た。

さほど動揺はしなかった。礼子が銀座によく来ているだろうことは簡単に想像出来る。自分とつき合っていた頃には銀座なんて年寄りの行く街だと馬鹿にしていた修司が、まるで昔からよく来ていたと言わないばかりの顔で堂々と会員制の店から出て来たのは少し滑稽《こっけい》だったが、当人がそれでいいのなら勝手にすればいい。だが、叶恵の存在に気づかない二人が丁度横を通りかかった時に自分の名前を口に出しているのを耳にして、叶恵は思わず、列から離れて二人の後ろを歩き出していた。

二人は大声で傍若無人に笑い合っている。

「ほんとに鈍いんだもの、しまいには気の毒になっちゃった」

礼子がまた笑った。

「あの人が勧めるデザインってどれもすごくおばさんっぽいのよ。でもそんなこと言えないじゃない、だからいろいろ理屈を付けて断るんだけど、ちっとも気づかないでまた同じようなデザインを出して来るの。感覚が田舎っぽいのよね、だからいつまで経っても本店勤務になれないんだわ」

「でも買ってやったんだろ」

「だって可哀想じゃない、一所懸命勧めてるのに。仕方ないから、いちばん値段が高い奴にしたわ」

「どうして？」

「うちで働いてる家政婦さんにあげようと思って。人にあげるのに安物じゃ失礼でしょ。五十過ぎたおばさんなんだけど、きっと似合うと思うわ。何しろあの人のお見立てだものね」


二人の笑い声が叶恵の耳を叩く。

「だけど本当にだめなの、ヴァレンタイン」

「しょうがないよ。ああいう女はしつこいから別れないなんてゴネられたら厄介だろ？」

「意地が悪いわよねぇ、わざわざヴァレンタインの夜を指定するなんて。小姑《こじゅうと》みたい」

「思い出にしようなんて思ってるんじゃないの。そういうことしそうだもんな、あいつ」

「虫酸《むしず》が走るくらいみっともないわよね。別れる男とヴァレンタインを過ごそうなんて。女も二十五を過ぎるとおしまいね、感性が鈍くなっちゃって。で、どこのホテル？」

「ベイサイド・ロイヤルにしようかな」

「わー、いいんだー。もったいなーい」

「下見だよ、下見。安い部屋でも泊まってみればどんな感じかわかるだろ？　礼子と行く時はちゃんとスィートにするよ」

「約束よ！　ちゃんと下見して来てくれるなら、あの人と泊まる部屋代、わたしが出してもいいわ。どうせあの人、あなたと別れたらお見合いでもして中流のサラリーマンか何かと結婚しちゃうつもりでしょ。あの人にとってはベイサイド・ロイヤルで恋人とデートするなんて人生最後の華やかなイベントだわ。陰ながら応援させて貰いたいのよ。素敵なブラウスを選んでくれた御礼にね」

　叶恵の耳にはもう、二人の笑い声は届かなかった。通行人の話し声も自動車の音も、一切の雑音が聞こえない。ただ、叶恵は自分がどうしてそんなことをしているのかわからないま、何も聞こえない無音の街を、かつて愛していたと思っていたことのある男とその男の腕にぶら下がって歩いている女の重なり合った二つの背中だけを見つめて歩いていた。頭の中が白くぼやけ、何も考えることが出来ない。二人は地下鉄の駅へと降りてゆく。切符を買い、改札を通る。叶恵も切符を買った。だがいくら小銭を入れていくらのボタンを押したのかさっぱりわからない。二人はホームの中程を歩いている。ホームは混んでいる。人、人、人の波。ランプが点《つ》く。電車が近づく音がする。警告音が鳴る。二人はホームの端に寄る。

　叶恵は一度二人を追い越してホームのはずれに行き、それから向きを変えて小走りに駆け出した。慎重に距離を測って。

　電車の先頭が見える。叶恵は修司に思いきり肩をぶつける。よろめいた修司のからだに押されて、礼子の黒いコートがホームを離れて宙に浮く。叶恵はそのまま、ホームを駆け抜けて改札をくぐり、階段を駆け上がって地上に出た。

相変わらず、街は無音のままだった。

＊　＊　＊

今ではもう、叶恵にもあの時の微笑みの理由がわかっている。沢田ゆりえの心の中が手に取るようにわかる。引きちぎってまで安物のペンダントを手に入れようとした彼女の気持ちが、痛いほど、わかる。

いつまでこのまま生きることを許されるのか。いつまで、神は犯した罪を隠していてくれるのか。

告発される危険を背負って無意味な罪を重ねるのは、安らぎを得たいからなのだ。興奮でも刺激でも快感でもない。欲しいのはただ、安らぎだ。深い、その深い安堵感。

大丈夫、あなたは捕まらない、ほら今度もまた神様は見逃してくれたじゃない！

盗みが成功して店を出た瞬間、その囁きが頭の中を一杯に満たす。その響きに、張りつめた緊張は緩み、泣き出してしまいそうなほど胸が軽くなり、安らぎが全身を包み込んで唇にはあの微笑みが浮かぶのだ。

だがそれはほんの一瞬の、瞬《まばた》きする間に消えてしまう安らぎだった。次の瞬間から、また苦しみが始まる。罪の重さと告発の恐怖に責め苛《さいな》まれ、一秒毎に精神を引き裂かれるような苦しみが。

その苦しみから逃げたくて、ただただ逃げたくて……彼女はその手を伸ばしたのだ。

それは審判なのだ。成功すれば、またあの優しい囁きが聞け、やすらぎの瞬間《とき》を得る。失敗すればこの苦しみが終わる。

「ありがとうございます、少々お待ち下さいませ」

店員がにこやかに言って叶恵の手から伝票を受け取った。

叶恵は、レジの脇に作られた華やかな陳列棚に手を伸ばし、指先に触れたものを見もしないで摑み取ると下に落とした……叶恵にはもう必要のない、ヴァレンタイン・デー用に包装された数個の小さなきらきら輝くチョコレートの包みが、支払われるあてのない値札のシールを付けたまま、足元に置かれた紙袋の中へと、落ちて行った。

深海魚

1

香子《こうこ》はプッシュボタンを押す指先を見つめながら、また今夜、マニキュアを塗り直さないとならないな、と考えていた。

もう短縮の番号を押すこと自体には何も感じなくなっている。それは香子にとって当たり前のことであり、当然の権利であった。


香子がその電話をかけ始めてからもうひと月になる。世間では、そうした電話を「嫌がらせ」と呼び、香子のような行動をとる人間をストーカーと呼ぶのだということは、知っている。だが、香子にはそうした世間での呼び方は偏見だとしか思えなかった。

だってそうでしょ？

あたしはただ、勝久《かつひさ》の声が聞きたいだけ、勝久と話をしたいだけなのに。

あたしには勝久と話をする権利すらないなんて、誰に言うことが出来るだろう。

いやむしろ、あたしが勝久の声を聞くことは当然あたしの権利なのだ。だって、だって、あたしは勝久に抱かれたのだから。

あたし達はセックスしたのだから。

あたし達は恋人同士なのだから!

今夜も呼び出し音が延々と続いている。

勝久は電話に出なくなった。ナンバーディスプレイ・サービスの開始で、勝久には香子の電話を避ける術《すべ》が出来てしまった。

香子はいつものように、十分間、受話器を耳に押し当てたままでじっと呼び出し音を聞いていた。

勝久が電話に出ないということは、勝久の声を聞くことが出来ないということ。それは、あたしの大切な権利がひとつ奪われたことになる。

許しておくことは出来なかった。

香子は、半月ほど前から考えていたことを実行に移す決心をした。

＊

勝久との出逢いは、ありふれたものだった。だがありふれていただけに、香子はむしろ運命を感じた。

あの日、あれほど大勢の女達が街を歩いていた中で、勝久が声を掛けようと思ったのが自分だったことは、運命なのだ。神の導きだったのだ。

勝久は、映画を観ようと思って出て来たが上映時間を間違えていて、時間を持て余していた。少しだけ、コーヒーでもつき合ってくれませんか、と香子を誘った。それは嘘だと香子はその時思った。だが勝久は、一時間ほどコーヒーショップで話をした後で、映画の時間だけど一緒にどうですか、と香子に言ってくれた。つまり、香子を気に入ったのだ。もし話してみて気に入らない女だったら、映画の時間になったから、とそこで別れてしまうつもりでいたのだろうから。

香子は嬉しかった。

ナンパされたのは初めてというわけではない。女子大に通っていた頃には、街で若い男たちに声を掛けられることも結構あった。

だが卒業して会社勤めを始めた頃から、そうしたことはめっきり減ってしまった。僅《わず》か数年のことなのに、自分が確実に歳をとってしまったことを、香子は自覚した。

そんな矢先の、勝久からの誘いだった。

一時間ほど話した限りでは、勝久は不良でもなければ特に遊び人ということもない、ごく普通の男に思えた。香子はそれでも迷いはした。何しろ、日曜日の新宿三丁目、こんなところでナンパするような男にまともな奴がいるとは思えない。セックスだけが目的で、出逢ったその日の内にホテルに一緒に行ってくれる女以外には興味がない、という類《たぐい》に違いない。

それでも結局、香子は同意して映画館に行った。

不思議なことに、あれから半年以上経つというのに、その時勝久と観た映画の題名を、香子は思い出せないでいる。ただ緊張し、掌《てのひら》にびっしりと汗をかいていた自分を僅かに憶《おぼ》えているだけだ。学生の頃と違って、幾度かの恋愛の失敗を通り越した後だった香子は、それだけ臆病になっていたのかも知れない。第一、その日なぜ新宿にいたのかも、香子は憶えていない。

この後、どうなるのだろう。映画が終わって食事をして、酒を少し飲んで、それから……先回りして想像に脅えながら、香子は意味のくみとれない言葉をスクリーンの中で喋っている俳優達の顔を見続けていた。呼吸が荒くなっているのを気づかれないように、何度も息を止めた。

自分は決して、軽い女ではない。そのことを香子は繰り返し繰り返し、自分に言い聞かせていた。

時間が経てば経つほど、勝久は香子にとって好ましいものに思われていた。映画の後の居酒屋でのありふれた食事と、甘くて尖《とが》った味のするチューハイの酔い、そうした俗っぽい時間の中にあってさえ、勝久の言葉はひとつひとつ香子の心に染み込んで行くようだった。

運命を感じた。

香子は、自分が探し求めていた男はこの人だったのだ、とその時思った。

そして、応じた。勝久の遠慮がちな誘いに香子は頷《うなず》いて、シティホテルの玄関を入った。

セックスは素晴らしかった。

それまで経験したことのないほど、甘美で、楽しくて、そして興奮した。

香子は勝久の求めるままの姿勢をとり、求めるままの行為をして、勝久を悦《よろこ》ばせようと努めた。そうしていることが香子にとっても幸福だった。

自分のしていることがひどく淫《みだ》らで卑猥《ひわい》なことだという意識はあったが、勝久が望むなら耐えられると思った。

この出逢いは運命なのだから。

今度こそ、幸せがすぐそばにあるのだから。


「君は本当に、可愛い」

勝久は嬉しそうに目を細めていた。

「君と出逢えて良かったよ」

あたしも、良かった。

香子は勝久のからだの上に、勝久の足の方に頭を向けて跨《またが》り、勝久の命じるままに大きく足を両脇に張り出して腰を上げ、その辛い姿勢のままで勝久のものを口にふくみながら、嬉しさに涙を流していた。

香子にとって、それは新しい日々の始まりだった。

忘れたいことはみな過去の中に閉じこめ、もう見ないようにしよう。

思い出す必要などないのだ。何もかも、すべて新しくなるのだから。


その夜から、勝久とは週末の度に逢った。昼間は映画や遊園地、夕飯は居酒屋、そしてホテル。雑誌に出て来るような華やかさや珍しさは何もない。平凡なデートが続く。だが香子は少しも不満ではなかった。特に行きたいと思う場所もないし食べたいものもない。勝久と一緒なら、どこにいたって楽しいし何を食べてもおいしかった。女なら誰だってそうじゃない？ 好きな男のそばにいられるのに、他にいったい何を望むの？

セックスを拒絶したこともない。拒絶するなんて想像も出来なかった。勝久が望むものを与えてやらないなんて、そんなひどいことがどうして出来ただろう。

生理中でも、香子はホテルについて行った。勝久は笑いながら、ベッドではなくバスルームで香子を抱いた。アイボリー色のユニットバスの床に流れる血の色に背中が寒くなっても、香子は我慢した。香子自身の体内から抜き出された勝久のものが赤く染まっているのを見れば、可哀想で申し訳なくて、香子は懸命にそれを洗ってやり、石鹸《せっけん》の泡の中で再び硬直し出したものをまた口にふくみ、笑い続ける勝久の楽しそうな声が命じるままに、充血して痛むのを堪《こら》えて、勝久の上に腰を落とした。

勝久はいつも笑っていた。とても楽しそうに。

香子があまりの恥ずかしさに涙をこぼしている時や、痛さを堪えている時でも、勝久は笑い続けていた。

だが不快だと思ったことはない。そんな時勝久はいつも、「可愛いよ、香子は誰よりも可愛い」と囁《ささや》いてくれた。その言葉があれば、出来ないことなど何もなかった。

こんなに愛している。あたしは、勝久をこれほど愛することが出来る！

そう思った瞬間に香子の心の中に溢《あふ》れる言い様のない強い快感。満足。幸福。

それだけがすべてなのだ。この愛を支える、すべて。

香子には永遠が信じられた。この愛は永遠に続く。あたし達は運命の出逢いをしたのだから、いつまでも、いつまでも愛し合うことが出来る。いや……

愛し合わなければならない！

それは……義務なのだ。あたし達を出逢わせてくれた神様に対する、義務だ。

数ヶ月が矢のように香子のからだの上を過ぎ去った。逢う度に勝久は横柄《おうへい》になり、香子に対して思いやりのない言葉を使うようになり、やがて気に入らないと香子の頬を張るようにまでなった。それでも香子は、それらのこと全部が嬉しかった。そうやって、勝久はどんどんと香子を支配して行く。自分が勝久のものになって行く。そう香子は信じていた。

「今夜で終わりにしよう」


その言葉は、ある晩突然、勝久の口をついて出た。

香子にはその意味が理解出来なかった。

いったい、何を終わりにすると言うのだろう？


「別れて欲しいんだ。勝手だとは思うけど」

「……別れるって……誰と誰が？」

香子は本当に理解出来ずにそう訊《き》いた。だが勝久は、うんざりした顔で言った。

「わかりきったこと訊くなよ。確かに突然だから驚いたとは思うけど、俺はもうずっと前から考えてたんだ。俺達、やっぱり合わないと思うよ。香子には俺なんかよりもっと似合いの男がいるよ、きっと」

「合わないって……そんなこと、あるはずないわ。だってあたし達……運命で決まっているんだもの」

「何の話してるんだ。いったい」

勝久は苦笑いした。

「俺さ、香子のそういうとこ、ダメなんだ。運命とか神様とかって、香子は言うことが大袈《おお》裟《げ》過《さ》ぎるんだよ。結局、ただのナンパだったんだしさ、俺も香子も楽しんだわけだから、まあそれで、勘弁してよ」

「何を……勘弁するの？」

「何をって……だからさ、別れてくれればいいんだよ、黙って。いや、何か欲しいんなら買ってやってもいいよ、時計でも指輪でも、十万くらいのもんならさ。香子は楽しませてくれたから、そのくらいの礼はするよ」

「そんな……欲しいものなんて……」

「あんまり高いのは無理だぜ、俺も車のローンとか残ってるからさ。それに俺だって、香子には結構、奉仕してやったと思うんだよなぁ。香子みたいにスケベで何度もせがむ女って、ちょっといないもんなぁ。体力必要だぜ、ほんと」

勝久は大きな口を開けて笑っていた。

香子は、その赤い口の奥に、何か得体の知れない悪い虫でも棲《す》んでいるような気がしていた。

そう……これは勝久ではない。今、あたしの目の前で笑っているのは勝久じゃないんだ。気味の悪い怪物に支配された、哀れなロボットだ……

だがその晩も、香子は勝久の求めるままに応じた。勝久はきっと、何か会社で面白くないことでもあって、イライラしているだけなのだ。いつもの彼じゃない。あたしが優しくしてあげれば、何でもして欲しいことをしてあげれば、きっときっと、いつもの彼に戻ってくれるに違いない。

最後の晩だから、思い出にさせてくれ、と勝久が言ったので、香子はおとなしくうつ伏せになった。

逆らう気などはなかったが、初めてその部分に受け入れるあまりの激痛に、香子は叫んでからだを捩《よじ》った。その暴れる背中を組み伏せて、勝久は激しく動かし、果てた。

シャワーで流す時、足に血が滴《したた》った。

痛みで、じっとしていてもポロポロと涙がこぼれた。

ホテルの廊下で、真っ直ぐに歩けない香子を、勝久はカニみたいだとまた笑った。

そして、ホテルの玄関でタクシーに乗る香子に、勝久は一万円札を握らせようとした。タクシー代だと。

最後の晩なら送ってくれるはず。

送らないのは……最後じゃないから。

そう思えた。だから嬉しくて、勝久の差し出した札は受け取らず、香子は笑顔で言った。

「また電話するね」


あれから、香子は毎日のように勝久に電話し続けている。

そしていつも、勝久は相手が香子だと判ると、即座に電話を切ってしまう。香子の耳が痺《しび》れるほど勢いよく受話器を叩きつけて。

それから、勝久は電話に出なくなった。

だが勿論、それは間違ったことなのだ。

神様が決めた運命に逆らっても、いいことなど決してないはずだ。


香子は狭い六畳のワンルームの真ん中に座って、小さなリビングテーブルの上に便箋《びんせん》をおき、丁寧な字で辞表を書いた。

ともかく勤めていては時間が足りない。

貯金も少しはあるし、退職金も出る。勿論またどこかに勤めるつもりはあるから、失業手当も出るだろう。当分は大丈夫。

当分……

どのくらいあれば、勝久に間違いを気づかせてあげられるかしら？

勝久は頭のいい人だから、きっとすぐに気づいてくれるだろう。そしてあたしに謝って、もう一度やり直してくれるだろう。


きっと。

2

辞表が受理されて退職手続きが済むのに四日ほどかかった。

決心をしてから五日目の朝、香子は六時に家を出て勝久のマンションに向かった。

勝久が出勤の為にマンションを出るのは午前八時少し前。香子はマンションの前に立って、勝久の部屋の窓をみつめた。七時五分、窓のカーテンが開いた。香子は窓の中をじっと見ながら待った。

勝久が顔を出した！

香子は嬉しくて、思わず手を振った。

その途端、カーテンが閉まった。

香子は気にしなかった。勝久の顔が久しぶりに見られたことだけで、とても幸福だと感じた。そのまま、香子はじっとそこで待ち続けた。

八時十分前、マンションの玄関に勝久が姿を現した。

勝久は香子の方を見ようとしなかった。香子はそれでも、軽く手を振ってやった。勝久はどんどんと地下鉄の駅に向かって歩き出す。香子は、勝久に追いつかないように注意しながら、その後をついて歩いた。

あたしから声をかけちゃダメ。だって間違っているのは勝久の方なんだもの。だから、彼の方からあたしに謝ってくれるまで、声はかけないの、決して。

香子はそう心の中で呟《つぶや》きながら、歩調を合わせて勝久の後を追った。勝久は二、三度振り返り、眉をひそめ、その度に歩く速度を速くする。だが香子は気にせずに、勝久の背中を見失わない程度に離れて歩き続けた。

ラッシュの地下鉄はちょっと難物だった。身動きが取れず、勝久が移動しているとわかっても即座にその後を追うことが出来ない。それでも香子は焦らなかった。どうせ勝久は会社に行くのだから、見失っても大丈夫だ。

勝久の会社のある駅で降りると、改札のところでちゃんと勝久の背中が見つかった。

会社に着くと、勝久は何か言いたそうな顔で、うしろを歩いていた香子を振り返った。だが香子が会社の中にまで入ろうとしないのを見て取ると、開きかけた唇を結んで、そのまま会社の中に消えて行った。

もうちょっとだったのにね。

香子は肩をすくめ、それでも自分の計画が一日目にして早くも成功しそうなのが嬉しくて、ひとり笑いした。

香子はそのまま、勝久の勤める会社の前のガードレールに腰掛けて、じっと待った。

勝久はこの建物の中で、今、どんな仕事をしているのだろう。

想像すると楽しくて、香子は夢中になって想像の翼を広げた。

勝久のきびきびとした仕事振りが香子の空想の中で光り輝く。あの笑顔、あの声、そしてあの指先の動き。

香子は思わず熱くなったからだの芯を冷ますように、大きく深呼吸する。

やがて昼食時間になった。勝久が玄関から姿を現し、ギョッとした顔で香子を見た。香子は微笑んだ。だが、黙っていた。勝久の唇は、今にも言葉を発しそうに動いたが、しかし発しないままそれは結ばれ、勝久は同僚らしい男性と歩き始めた。

香子は、一呼吸おいてからその後について歩き出した。

勝久と同僚の男性は、近くの蕎麦《そば》屋に入って行く。香子は店の前に立ったままそれを見送り、そして待つ。

四十分近く立ったまま待つと、勝久は同僚の男と店を出て来た。そして香子の前を通り過ぎる。勝久はもう、香子と視線を合わせなかった。まるでそこにいるのはただの道ばたに植えられたありふれた街路樹か何かであるというように、驚きも、戸惑いすらその顔に出さず、無視をする。

香子もそうした勝久の態度をまったく気にせず、また一定の距離を保って歩いた。


それは、愛の儀式なのだと、香子は感じていた。

間違っているのは勝久で、その勝久を救う為にはそれしかないのだと。やがて勝久は気づくだろう。自分が犯した過ちに。そして香子のそばに寄り、こう囁くのだ。

ごめん、俺が悪かった。もう一度やり直させてくれるかな。

それで当たり前なのだ。なぜなら、勝久はあれほど自分を求め、愛したのだから。そしてあたしもあれほど自分を与え、愛したのだから。

勝久が退社したのは午後九時近くになってからだった。こんな時間まで残業だなんて、ほんとに可哀想に。

香子は、ようやく玄関から出て来た勝久に、思わず、お疲れさま、と声を掛けてあげたくなった。だが我慢した。その代わり、小さく手を振ってまた勝久の後について歩き出した。

勝久は一切、香子の方を見ようとしない。

勝久が自分のマンションに戻り、その部屋の明かりが消えるまで、香子は玄関の前に立って勝久の部屋の窓を見つめ続けた。

それから、自分のマンションに戻り、遅い食事をひとりきりで摂《と》った。

＊

愛の儀式は続いた。

二日、三日、五日。

勝久は香子を無視し続け、香子は黙って微笑み続けた。

ある夜は、勝久は接待でバーに出掛け、終電車で戻った。またある夜は、会社に泊まって翌日の昼まで出て来なかった。だが香子は平気だった。夜通し勝久の会社の前のガードレールに座っていても、不思議と疲れも空腹も感じない。

香子は今、自分が大きな使命を果たそうとしているのだと悟った。そう、これは使命なのだ。愛を成就させる為の、大きな、尊い使命。

いったいこの都会の夜に、理不尽な別れを迎える哀れな愛はどれだけあるのだろう。そしてどれだけの女が、その為に泣いているのだろう。

それらは皆、間違ったことだ。

一度抱いて、愛を囁いて、何かを求めた相手とは、永遠に添い遂げるべきなのだ。それが出来ないのは、皆、間違っているからだ。

あたしにはそれが出来る。

香子は自信に満ち溢れた笑顔で、人通りのなくなった深夜のオフィス街のガードレールの上に、じっと座っている。

そう。あたしには出来る。永遠に愛し続けることが、出来る。


土曜日が来た。

その朝、いつもより一時間ほど遅く、勝久はマンションから出て来た。着ているものから仕事ではないとわかる。買い物だろうか。それとも勝久の好きな、映画？

薄手の春らしい淡い色のトレーナーと、ヴィンテージものだと自慢していた廃番のリーバイス。とても、洒落《しやれ》ている。

香子は少し不安になった。

だが、そんなことはないはずだ。一方的に我儘《わがまま》な別れを香子に告げてからまだ二ヶ月も経たない。勝久は、そんなに冷たい人間じゃない。

きっと今だって、勝久は後悔しているのだ。どうやって香子に謝ろうかとずっと考え続けているに違いない。ただ言い出すきっかけが摑めないでいるだけだ。

香子は、不安を嚙み殺して勝久の後を追った。

勝久はいつもとまったく変わらずに、無言のままさっさと歩いて行く。そして地下鉄に乗る。

勝久が降りたのは、日本橋だった。そんなところにいったい、何の用なのだろう。勝久の会社から近いといえば近いが……

勝久は喫茶店に入った。

待ち合わせ？

香子は、我慢出来なくなった。いつもなら店の前で勝久が出て来るまで待っているのに、我慢出来ずに喫茶店の中へと入った。

勝久はいなかった。

どこにも、いない。

「あの、すみません」

香子はウエイトレスに呼びかけた。

「今ここに、水色のトレーナーを着た男の人、入って来ませんでした？」

「あら」ウエイトレスは驚いた顔になった。「それじゃ入れ違いだわ」

「入れ違い？」

「ええ、その方ならさっきいらして、待ち合わせてる人がいない、もう帰ってしまったらしいと言って、そのまま出て行かれましたよ」

「出て行った？　どこから！」

「あちらからです」

ウエイトレスの指さした先には、香子が入って来たのとは反対側に、もうひとつのドアがあった。

「今すぐ追いかけられたら、追いつくんじゃないかしら」

香子は駆け出した。

反対側のドアは、裏手の道に面していた。

どっち？

香子は左右を見回し、ともかく右の方へ走った。だがいくら走っても勝久の背中が見えない。香子は今度は反対方向へ走り出した。眩暈《めまい》がするほど夢中で走った。

勝久は、消えてしまった。


まかれた？

どうして？　なぜ？

あたしがついて行ったらいけないことが何か、あるの？

香子には理解出来なかった。勝久はこの五日間、あたしを邪魔にしたことは一度だってなかったのに。きっと、勝久だってあたしがそばにいて嬉しかったに違いないのに！

香子は、呆然《ぼうぜん》としながらさまよい歩き、ほとんど無意識に地下鉄に乗った。あてなど勿論、なかった。ただどこに行けば勝久に会えるだろうかと、そればかりを必死で考え続けていた。

幸福だった間に勝久と出掛けた場所をひとつずつ、思い出す。

後楽園、代々木公園、渋谷、原宿、池袋、銀座。映画館か公園が、勝久とよく行った場所。

だが突然、香子の頭には、それらとは違う場所が閃《ひらめ》いた。

新宿の、あの映画館のそばの、デパートの前！

勝久と初めて出逢った場所。

根拠があったわけではなかった。それは、断末魔の悲鳴をあげている香子の愛が嗅ぎ付けた、まさに勘、だった。

香子は地下鉄を乗り換え、新宿三丁目で降りると、その場所へと走った。

土曜日の昼前、次第に増えて来る人々の中を、香子は必死に勝久の姿を探した。探して探して、香子はさまよった。呑《の》み込まれてしまいそうな人の波の中を、窒息しそうになりながら、泣きながら探し続けた。

そして！

香子は見つけた。

勝久を。勝久と寄り添う、見知らぬ女を。

3

溢れるような人、人、人……

それらの人間達皆が香子の味方だった。香子はまったく気づかれることなく、二人のあとをつけることが出来た。

昼食に入ったイタリアン・レストラン。

食後に向かった新宿御苑。

午後三時に入ったコーヒーショップ。

デパートでの買い物。

夕食の寿司屋。

そしてジャズハウス。

香子は細心の注意を払って二人を追い、息を殺して店の前で待った。

ジャズハウスを出た時はもう午後九時を過ぎていた。二人は、西新宿のシティホテルにチェックインした。

香子は、ホテルの前の広場の花壇に腰を下ろし、静かに待ち続けた。

都会は、深く暗い海の底だった。香子には、その海底から見上げる水面の太陽が、ぼんやりとした幻にしか見えない。

だが深海の中は温かい。

香子は何も後悔などしていなかった。ただ、決して許してはならないのだ、と思っていた。

勝久は愛の掟《おきて》を破った。

待ち続けた。時が流れる。

香子の決心は、少しずつ強固なものになって行く。

夜叉《やしゃ》が香子に降りる。

この六日。香子はずっとそれを上着のポケットに入れたままだった。使うつもりなどなかったのだ。ただ、裁くには必要だと思ったから、ポケットに入れていただけだった。

裁き。もしも万一、勝久が自分は悪くないと言い張るようなことでもあったら。

そうしたら、ちゃんと裁かなくてはならない。間違っているのは勝久なのだと、しっかり
わからせてあげなくてはならない。

そう思っていただけ。ただ、思っていただけだ。

それを使うことなど、昨日までは考えてみたこともなかった。

香子はポケットからそれを取り出した。

大きな刃のついた、業務用のカッターナイフ。


見上げると、月があった。雲に霞《かす》んだ朧月《おぼろづき》。

あれは幻だ。深海の底から仰ぎ見た太陽だ。

自分は沈んでしまった。
これは許されないことだ。悪いのは勝久だ。
風が出た。寒い。
それなのに、なぜこれほど頬がほてるのだろう。
夜が静かに通り過ぎ、東の空が次第に明るくなる。香子のからだはもう、灼熱《しゃくねつ》の太陽に
あぶられた蝶のようだった。

意識がくるくると回っている。

やがて、人通りが増え、ホテルの玄関にはタクシーが行列を作り始めた。

勝久が、遂に現れた。


香子はゆっくりと近づいた。

眩暈がした。カッターを持つ手が小刻みに震えた。

「香子！」

勝久の鋭い声が、香子の耳に突き刺さった。

「お、おまえ、こんなとこで何してるんだっ！」

「あなたを待ってたの」

香子は答えた。声が掠《かす》れ、また意識がくるくると回転する。

「帰れ！」

勝久は怒鳴った。

「俺の前から今すぐ消えろ！」

「それは出来ないわ」

香子はゆっくりと頭を振った。

「そうしちゃいけないのよ。あなたの為に」

「ねえ、何言ってるの、この人」

　女が笑いながら勝久を見た。

「この人のこと？　あなたにつきまとってる、頭のおかしい女って」

　女はケタケタと笑い出した。

「あなたってものすごく淫乱なんですってね。勝久、持て余したって言ってるわよ。ナンパされてその日の内にホテルについて来たりして、あなただって男のからだだけが欲しかったんでしょう？　別に誰だって良かったんでしょう？　ねえ、もういいじゃないの。やりたいだけやったんだから、もう勝久につきまとわないでよ。どっかの通りにでも立って、またナンパされるの待ってたらいいでしょ！」

　深海の底から見上げる太陽は、どうしてあんなに冷たい色をしているのだろう。

　香子は、ぼんやりとそう考えながら、カッターを突き出した。

　悲鳴が上がった。それと同時に、勝久が香子を殴り飛ばした衝撃が、香子の顔の中心あたりに弾けた。

　吹き出す鼻血で、目の前が霞む。

　香子は蹲《うずくま》り、そしてそのままうつ伏せに倒れた。全身に小さな衝撃が走り続ける。誰かが自分のからだを足で蹴っている。蹴り続けている。

だが勝久のはずはない。

そう……彼がそんなこと、出来るはずないじゃないの。

＊

花束を持った男は、香子の顔をじっと見て、優しく微笑んだ。

「良かった……もう元気そうだね」

香子は小さく頷いて、花束を両腕に受け取った。

ピンクと白の甘い夢。

香子はうっとりしながら、花の匂いを嗅いだ。

「島田《しまだ》勝久は、過剰防衛で起訴されたみたいだよ。脳挫傷《のうざしょう》で危篤《きとく》になるまで暴力をふるったんだから当然だけどね。僕があいつをとめなかったら、きっとあいつ、君を殺していただろうね」

男は、花束をまた香子の手からそっと受け取り、サイドテーブルの上に置いた。

「ほんと、良かった。僕もホテルマンをやって十年になるけど、あんなひどい暴力は初めて見たよ。あの男、まるで、頭がどうかしちゃったみたいだったからな。だけど君も……カッターなんて、どうして持っていたのかな？」

香子は答えずに、下を向いた。頭を動かすと痛みが少しある。

「ごめん」

男はそっと、香子の手を握った。

「君はただ、脅すつもりだった。そうだよね。警察もそう言っていた。だって君は、カッターから刃を出していなかったんだものね。あの男は本当にひどい奴だ。取り調べた刑事さんも呆れてたよ。君が危篤で証言出来ないのをいいことに、君のことをけなしてばかりいたってさ。あいつ、前にも女の子といい加減なつき合い方をして、トラブル起こしたことがあったらしいんだ。君も災難だったよね……あんな奴と知り合ったりして」

男は、香子の手を、静かに離した。

「ごめん、あまり長居すると君が疲れちゃうね。だけど僕……またお見舞いに来てもいいですか？　もし君が、その……迷惑でないなら」

香子は黙ったまま、微笑んだ。

4

前にも見たことのある景色のような気がした。

いや勿論……その場所のことはよく知っている。勝久と初めて逢ったその場所のことは。

だが、今、香子は気づいていた。その時よりもっと前に、やっぱり同じ様なことがあった……同じ様な景色が。

人の流れの中から自分を見つめていた視線。


「ごめん、待ったかな」

隼人《はやと》は片手をあげて、香子に近づいて来る。

「ホテルマンやってて日曜日に休みが入るなんて奇跡みたいなもんだからね」

隼人は香子の手を握った。

「楽しまないとな。で、どこに行きたい？　何かしたいこと、ある？　食べたいものは？」

香子ははにかみながら首を振った。

何も望むものなんてないわ。あるはずがない。

好きな男のそばにいられて、それ以上いったい、何を望むって言うの？


今度こそ、あたしは出逢ったのだ。運命の男に。

神様の決めた相手に。

もう何もいらない。この愛だけでいい。

隼人の望むものはすべて与えよう。願いはみんな叶《かな》えてあげよう。

どんなことだって、隼人の為だったら、出来るはず。

どんな卑猥なことだって、どんな恥ずかしいことだってしてあげる。どんな苦痛にだって耐えてあげる。

それがあたしの運命だから。

あたし達の愛は、永遠だ。


「……ご協力をお願いします！」

初老の夫婦が、何かビラを配っている。

「どうか情報をお寄せ下さい！　お願いします！　お願いします！」

夫婦は必死で叫んでいた。だがビラを受け取る人は少なく、受け取っても読まずに投げ捨てる人が多い。

隼人は歩きながら、それを受け取った。

「……へえ」

隼人はビラを読みながら顔をしかめた。

「気の毒だなあ」

「どうしたの？」

「うん……あのご夫婦の息子さんがね、一年前にこの辺りで車にひかれて死んだんだってさ。警察は事故って断定したらしいんだけど、納得出来なくてご両親二人で独自に調べていたんだって。そしたら、白いコートを着た女と、車に飛び込む直前まで一緒だったことが判ったらしいんだ。それでその女についての情報を求めてるんだって。もしかしたらその女が、息子さんを車道に突き飛ばしたんじゃないかと思ってるみたいだね。だけど信じられないよなぁ……その事故が起こったのって、真っ昼間だったらしいよ。都会の無関心ってよく言われてるけど、ほんとにそうなんだね」

「人通りは多いけど……みんな忙しそうだものね」

香子は、歩きながら隼人の手からビラを受け取り、そっと見た。

ビラの真ん中に大きく、辰雄《たつお》の顔がある。辰雄……ああ、やっと思い出した。

あの日。

「もう俺の前に現れるんじゃねぇぞ」

辰雄はあたしに言ったのだ。

「おまえなんか大嫌いなんだよ。しつこく俺のことつけ回しやがって、いったい何のつもりなんだ。欲求不満って顔してるから可哀想に思ってセックスの相手してやっただけなのに、何を勘違いしてんだよ、このドスケベ女！」

あの時も、深海の底から白い太陽がぼんやりと見えていた気がする。だがあれは、近づいて来る乗用車のボンネットに反射した、ただの照り返しだったのかも知れない。

香子は、そう言えばあの時の白いコートはどこにしまったんだっけ？　と考えた。だが思い出すことが出来なかった。少し前まで、確かに憶えていたのに。

辰雄もこの場所であたしに声を掛けてくれたのだ。大勢の女達の中から、あたしを選んでくれた。

だが同じこの場所で、してはいけないことをしてしまった。

あたしを裏切った。

間違っていたのは彼らだ。

そう。愛を見くびってはいけないのに。

いつだって、真剣でなくてはいけないのに。

でも、もう大丈夫だ。あたしはとうとう、永遠に続く愛に出逢ったのだから。

香子は辰雄の顔ごと、ビラを丸め、通りかかった生ゴミのバケツの上に放った。

それから、隼人の横顔を見た。
何という素晴らしい人だろう。
この人は、きっと、決してあたしを裏切らないはずだ。きっと。
でも、もし……もしも………

ごろぼう猫

1

美樹《みき》との再会は、ほんとの偶然だった。

その日、あたしはツイてなかった。

三ヶ月も前から準備して万全の態勢で臨んだプレゼンだったのに、見事に失敗した。もちろん、あたしだけのせいじゃない。いちばん肝心な部分のビデオ編集を間違えたのはドジな部下の恵子《けいこ》だったし、資料の順番が狂っていたのはアルバイト学生のせいなのだ。だが結局、それらを最終的に確認しなかったあたしがいちばんの間抜け。しかも、その日に限って、生理二日目。集中力も忍耐力もいつもの半分以下になり、頭の回転も鈍く、機転を利かせることが出来なかった。その上、お腹が痛くて眠かった。

結局、まだ半人前ということなのだろう。

大学を出て五年、ここまでは比較的順調に来られたと思う。そろそろ責任の重い仕事を任されるようにもなり、このリストラの嵐の中でもとりあえずちょっと出世して、部下を持たされるようにもなった。だが、女はここからが難しいんだ、と上司の野沢《のざわ》が言っていた通り、ここに来ていまひとつ物事がスムーズに流れない気がする。

バイオリズムが悪いんだろうか。それとも星の巡り合わせかな？

こんな時、恋人がいたら、何となく顔が見られるだけで気持ちが落ち着いたり浮き立ったりして楽しくて、バイオリズムだってきっと、良い方に変化するに違いない。だけど、あたしは三ヶ月前に空き家になったばかりだった。

フラれたわけじゃなく、どことなく頼りなかったりセンスが合わなかったりするのにイライラして、ものの弾みで別れようねと口にしてしまったら、ほんとにお別れになっちゃった、というあっけない終わり方だったので、精神的なダメージはそんなになかったけれど、宙ぶらりんの気持ちのままがしばらく続いてすっきりしなかった。そしてようやく納得してしまうと今度は、はっきりしない淋しさが心にぽつぽつと穴を開ける。その穴を、こんなツイてない日にはひんやりした風が通り抜けた。

厄落としに飲みに行こう、と誘われたけれど、断って早めの電車で帰ることにした。調子の悪い時には寝てしまうに限る。

もう何ヶ月も、午後六時台の電車で家に戻ろうとしたことなどなかった。どうせひとり暮らしで、早く帰っても喜んでくれる人はいなかったし、自炊は苦手だったので、どっちみちどこかで夕飯を食べて帰らないとならない。マンションの周囲には、女ひとりで寄れるような気の利いた定食屋さんなどなかったから、会社の周囲で同僚と食べて帰る方が楽なのだ。

駅を出てから、あたしはそのことに気づいた。夕飯をどうしよう？　駅前のスーパーはまだ開いていたが、材料を買い込んで作る気になどなれなかった。それでなくても眠いし、お腹がきりきりと痛んで辛い。

コンビニでおにぎりとカップラーメン、だな。あたしはそう決めて、マンションへ向かう道から少しはずれて国道沿いのコンビニを目指した。そちらのコンビニには行ったことがない。あることは知っていたが、いつもはマンションのすぐ近くの店を利用している。だが、数日前からその店が改装中で休業していたのを思い出したのだ。

いつも行く店とは別のチェーンだったが、店内の印象はほとんど変わらなかった。置いてある商品もだいたい同じ、おにぎりのメーカーと種類が少し違う程度だ。あたしは、食べ物の他にミネラルウォーターや雑誌などを適当に数点カゴに放り込むとレジに向かった。そしてそこに、美樹がいたのだ。

最初は互いに気づかなかった。精算が済んで、財布を取り出している時にびっくりしたような声で彼女が叫んだ。

「アコ？　アコじゃない！」

それでもあたしは思い出せなかった。そのくらい、美樹は中学の頃と変わっていた。

川井《かわい》美樹は中学の同級生だった。冴《さ》えない、太った子で、ニキビだらけの顔に度の強い眼鏡をかけ、不器用なのか、おさげも何となくだらしなくふくらんで、ほつれた毛がたくさんはみ出しているような子だった。成績も普通より下くらい、運動も苦手で、ほんとに何一つ思い出せるような取り柄がない子。そして、その割には生意気な喋り方と知ったかぶりをするので、どちらかと言えば嫌われていた方だった。

だが、目の前にコンビニの上着を着て立っている川井美樹は、少しも太っていなかったし、ニキビもない化粧をした白い肌をしていて、眼鏡もかけていない。コンタクトレンズにしたのだろうが、それだけでこんなに綺麗な顔になるとはちょっと信じられない。だが、考えてみたらあれから十年が経ったのだ。顔が変わるのは当たり前なのかも知れない。

「久しぶりねぇ」

美樹はひどく嬉しそうだった。あたしは内心、自分よりも綺麗になっている美樹を見て複雑な気持ちだったが、それでも懐かしさはあった。

「アコも東京にいたんだ。まあそうだよね、大学進んだ人はほとんど東京だものね」

「美樹、このあたり？」

「うん。引っ越して来たばかりなんだけど。アコもこのへん？」

「すぐ近くよ。歩いて五分くらい」

「ほんと？　わ、それじゃ近所だね！　今度遊びに行っていい？」

「うん」

美樹は、レジスターから吐き出されたレシートの裏に何か書き付けてあたしに手渡した。

「これ、携帯の番号。まだ引っ越ししたばかりで部屋に電話ないから。いつでも電話して。あたしひとりだし、ここでバイトしてる以外はほとんど家にいるから。まだこの辺りのこと詳しくないんで、買い物にもあまり出なくて」

「わかった。じゃ、電話するね」

あたしは愛想よく言って、美樹に手を振ってからコンビニを出た。

でも歩きながら、レシートを丸めてポケットの底に押し込んだ。美樹に会うだけならこの店にくればいいんだし、あえて電話しなくちゃいけないことなんて、きっとないだろうな、と思いながら。


でも、それからすぐにあたしは美樹に電話することになった。

きっかけはとても奇妙なことだった。ある晩会社から帰ると、マンションの郵便受けの中に、仔猫が一匹入れられていたのだ。捨て猫なのか、まだようやく目が開いたばかりで、弱々しく、ミーミーとか細い声をあげていた。

仔猫を見知らぬ他人の家の郵便受けに捨ててしまう人がいるという話は聞いたことがある。

少しでも貰ってもらう確率が高いようにとそうするのだろうが、結果的には自分がしたくないこと、つまりその仔猫の処分を他人に押しつけているだけの、許しがたい身勝手な行為だ。しかしまさか、自分がその被害に遭うなどとは思ってもみなかったので、夕刊と一緒に取り出してしまったその小さな毛の塊を抱いたまま、あたしは途方にくれてしまった。もちろん、独身者用のワンルームマンションでは猫など飼えないし、第一あたしは、猫がそんなに好きじゃない。

その時、突然美樹のことを思い出した。

十年前の美樹のことを。

あたしたちの班は、学校の裏庭の掃除当番だった。裏庭は人通りのけっこうある道に面していたので、通行人がよく空き缶などを投げ入れる。それで定期的に掃除することになっている。だが男子生徒は裏庭に出るなりかたまって姿を消してしまい、掃除などしようとしない。女子三名が庭用の箒《ほうき》とチリトリを手に裏庭にいた。

そして、その声を聞いてしまった。

木箱やダンボールなどの不用品が雑多に積み上げられた山の中から、その声は聞こえていた。痩《や》せた野良の仔猫が一匹、ミーミーと、情けない声をあげていたのだ。

可哀想に、とひとりの女の子が抱き上げてしまった。そして、おろせなくなった。だが三人の中で猫が飼える環境にいた者はいなかったのだ。あたしの家には犬がいたし、後の二人はそれぞれ、公団とアパート暮らしだった。

誰が初めに美樹の名前を出したのかは憶《おぼ》えていない。だが誰かが、川井さんの家は庭付きの一戸建てだよ、と口にした。犬もいないみたいだよ。

あの頃、美樹はクラスメートから疎《うと》まれ、馬鹿にされ、除《の》け者にされていた。ひどい虐《いじ》めがあったような記憶はないが、ともかく何か損な役回りは美樹に押しつけようとするのが、クラス全体の雰囲気だった。美樹はそれが損な役割だとわかっていても、素直に泣いたり拒絶したりはせずに、まるでそれをしない方が馬鹿なのだ、という顔で引き受ける。今になって思えば、それは美樹の精いっぱいのプライドだったのだろう。自分は虐められているのではない、と思っていたかったのだ。だがあの頃の、幼稚なあたしたちには、そんな美樹の態度がますますカンに障った。

ともかく、一度美樹の名前が出てしまうと、それで自分たちは嫌な役割から逃《のが》れられるのだ、という安心感が湧いた。

誰かがすぐに美樹を呼びに行った。

美樹は、仔猫を見て、珍しく困惑した顔になった。

「うちは動物、駄目なのよ。弟が喘息《ぜんそく》だから」

だが、中学生とはいえ、あの頃のあたしには喘息というのがどんな病気なのか漠然としかわかっていなかったし、たかが猫一匹が美樹の弟さんの健康にそれほど影響するなどとは想像出来なかった。あたしは、美樹が拒絶したのが気に入らなくて、庭のある家に住んでいるのに、死にそうな仔猫を見捨てるのか、と美樹を責めた。

「美樹ったら、ひどいよね。みんなだってほんとは飼いたいのに出来ないから、美樹に頼んでるのにさ！」

結局、美樹は仔猫を抱いて帰って行った。その後、その仔猫がどうなったのかは聞いたような気もするが、思い出せない。だがともかく、あたしは仔猫の命を救ったことに満足していたし、それで特に美樹に悪いことをしたという感覚も持ってはいなかった。

あたしは、部屋に入るとコートのポケットを探って電話番号が書かれたレシートを見つけ出した。そして美樹に電話した。

仔猫は、チイと名付けられ、美樹と暮らすことになった。幸い、美樹のマンションの住民規約では小動物の飼育は各人の良識に任せる、となっているらしい。

美樹はとても喜んでいた。そして、中学の時にあたしたちが押しつけた猫のことを話してくれた。美樹は押しつけられた仔猫を無理を言って近所の家に貰ってもらい、その後もずっと可愛がっていたらしい。

「本当は、飼いたかったの。でも弟がいたから」

あたしも、今では喘息とはどんな病気なのかいちおう知っている。だからあの時自分が美樹に対してしたことがどれほど迷惑で身勝手で、残酷なことだったか理解していた。だが美樹は少しも悪く思っていないようで、チイに会いにいつでも来て、と笑顔で言ってくれた。

あたしは美樹のことを好きになった。自分でも随分と単純だと思ったが、結局のところあの時のあたしは、会社関係以外の友達が欲しかったのだと思う。

チイに会いに来たの、という口実で、あたしはちょくちょく美樹のマンションに遊びに行くようになった。美樹がアルバイトしかしていないのに、たったひとりで住んでいる理由はすぐに明らかになった。美樹はバツイチだったのだ。離婚の原因はご亭主の浮気。

本当は、十年前と違って自分よりも綺麗になってしまった美樹に対して嫉妬《しっと》があった。だが美樹が離婚したという事実で随分と気持ちが楽になった。そんな自分のことを、嫌な女だな、と思わなかったわけではない。だが自分に嘘をついても仕方がない。実際、美樹はそんなに幸せそうには見えなかった。

不況の嵐の中、資格も技術もない女性がまともな就職口を探すのは並大抵のことではないのだろう。しかも美樹は、短大を出てすぐに見合い結婚したとかで、フルタイムで働いた経験がなかったのだ。離婚してここに越して来てからもう二十社以上の面接を受けたらしいが、働いた経験もなく、しかも離婚したばかりとなると、ハンデは大きいらしい。慰謝料とは別に月々五万円の生活費を貰っているという話だったが、コンビニのバイトで稼いだお金と合わせても十五万に満たないのだから、贅沢な生活などはできっこない。

あたしは、美樹に同情した。そして、一層頻繁に、チイのためのキャットフードの缶を袋にいっぱい買い込んでは美樹の部屋へ行き、美樹の愚痴を聞いてあげた。

チイは明るい茶色と白の雌の虎猫で、成長するにつれてとても器量良しなことがわかって来た。

「だけど、ひとつ困ったことがあるのよね」

ある日、美樹は肩に乗せて甘やかしているチイを撫《な》でながら苦笑した。

「何？　ひっかいたりするの？」

「ううん、そんなことはしない。粗相もしないし。でもね、ちゃんと毎日たっぷりご飯あげているのに、どういうわけかこの子、泥棒猫なのよ」

「泥棒猫？」

「うん。テーブルの上に置いてあるお皿の上からハムを盗んだり、あたしがお料理していると寄って来て、まな板の上からお刺身一切れくすねたり」

「だって、猫ってそういうこと、するものでしょう？」

「ううん、やる猫とやらない猫はいるわよ。チイの場合はね、お腹が空いてなくてもやるの。盗むってことを楽しんでるのね。たぶん……チイの心のどこかに、不満があるのね。ストレスが」

「でも美樹はチイのこと、こんなに可愛がってるじゃない」

「そうだけど、外に出してあげてないでしょ。このマンションはいちおうペットOKだけど、廊下やエレベーターでは首輪で繋《つな》がないといけないってことになってるから、猫だと難しいものね。可哀想だとは思うんだけど」

「でも都会でペット飼うんだからしょうがないわよ」

「わかってる。だから、つまみ食いくらいは大目に見てあげてるの。でも、こういう癖って、危ないのよ」

「危ないって？」

「毒を食べちゃうかも知れないじゃない」

「……毒？」

美樹は頷《うなず》いて、眉をひそめた。

「人間が食べられるものでも猫には毒ってこと、あるのよ。例えばアワビの肝とか、背の青い魚とか。体質によってはイカも駄目だし。だけど、飼い猫は野良猫と違って生存本能が鈍いでしょ、自分で毒だって見分けられないこともあるの。盗み食いは危険なのよ」

美樹は、チイをしっかりと抱きしめて、不安げに言った。

2

高村《たかむら》に出逢ったのは、美樹の部屋に頻繁に通うようになってからすぐのことだった。

ある日、あたしと美樹がビデオを見ながらケーキを食べて土曜日の午後をのんびり過ごしていた時に、高村がやって来たのだ。高村はどうやら、美樹の前のご主人の友人らしい。

あたしは、驚いた。高村があまりにも、あたしの好みにぴったりの男性だったことに。ほとんど、一目《ひとめ》惚《ぼ》れだったのかも知れない。

「この近くまで仕事で来たものだから」高村は、照れたように微笑みながら土産のクッキーの箱を美樹に手渡した。「どうしてるかな、って思って」

変な話だ。あたしには、事の真相が簡単に想像出来た。だいたい、友人の別れた妻の新居などを、ただの思いつきでのこのこ訪問する男などいるわけがない。高村は、美樹が離婚する前から美樹に気があったのだ、たぶん。

美樹は、何か曖昧《あいまい》に返事しただけで、困惑したような顔のまま微笑もうとしていた。何て贅沢な女なんだろう。美樹は、高村の「想い」に気づいているのに、それをそんなに嬉しいとは思っていないらしい。美樹の前の夫がどれだけいい男だったのかは知らないが、高村はあたしの目には申し分のない男性に見えた。もちろん、容姿や身なりだけで人間を判断することは出来ないかも知れない。だが容姿や身なりには、ある程度その人間の生活やものの考え方が現れるものである。全身を高価なブランド物でコテコテと固めた人間ならば、薄っぺらで個性のない人間なのだろうと想像がつくし、かと言ってあまりにも場違いな服やバラバラな組み合わせのコーディネートを平気でしている人間には、大雑把《おおざっぱ》でだらしない上に周囲に気を遣えない自己中心的な性格かも知れないと、警戒心が起きるものだ。

高村の場合、そうした意味では完璧だった。

そして何より、顔立ちや声、全体の雰囲気が、あたしの好みにぴったりと符合した。

恋人のいない穴だらけの心が、あたしに囁《ささや》く。

この人を逃《にが》しちゃだめ。いいじゃないの、どうせ美樹はあまり関心がないみたいなんだから。

ただ、問題はある。高村自身が美樹に惚れてしまっているらしいこと。

客観的に考えて、美樹の方が綺麗だと思う。中学生の頃には考えられなかったことだったが、眼鏡をはずして痩《や》せただけであれだけ変わったのだから、美樹の顔立ちが元々良かったということなのだろう。いくら洋服だの化粧だので頑張ってみても、造作の差というのはどうなるものでもない。結局、見た目で美樹よりも強い印象を高村に与えることは難しい、とそれにあたしにだってプライドはあった。外見だけで誰かに好きになって貰おうと考えるほど子供じゃないし、美樹よりも自分の方が優れている面が他にないわけじゃない。

まず、会話だ。美樹の、昔からそれだけは変わらない、自分が中心でしか話題が組み立てられないひとりよがりな話し方に比べたら、会社勤めでそれなりに我慢したり抑えたりする術《すべ》を心得ている分だけ、あたしとの会話の方が楽しいはず。それに話題だって、コンビニのバイトの他には世間と接触せず、猫のことばかり気にしている美樹よりは、あたしの方が豊富に用意出来る。

もちろん、その程度のことで、一度美樹を好きになってしまった高村の心を簡単に自分に向けられるとは思っていなかった。人を好きになるのは理屈ではなく、むしろフィーリングに近いものが要因になるのだから。だがそれでも、あたしは賭けてみることにした。高村はそれほどあたしにとって魅力的だったし、そんな高村のことをどことなく鬱陶《うっとう》しそうにあしらっていた美樹に対して、怒りに似たイライラを感じてしまったからだ。

あたしは、二度目に美樹の部屋で高村と会った時、思い切って名刺を交換した。美樹がその様子をじっと見ていたが、気にしていない振りを通した。そして数日後、自分から高村の会社へと電話した。ピアノのコンサートのチケットがあるから、といういかにもありがちな口実に、高村はのってくれた。

初めての高村とのデートで、あたしはますます高村に好感を持った。高村は知ったかぶりをせず、クラシックにはさほど詳しくないことをあたしに打ち明けた上で、それでも今夜の演奏には感動した、と言ってくれた。コンサートの後の食事にも、高級過ぎないけれどセンスのいい店に連れて行ってくれて、その後は、都会の隠れ家のように青山通りの喧騒から一本路地に入ったところにあった小さなバーへと誘ってくれた。

完璧じゃないの。ほんとに、どうしてこんなに素敵な男を、美樹は受け入れないんだろう？

高村が勧めてくれた、名前を知らないピンク色のカクテルに唇をつけながら、あたしはつい、言っていた。

「美樹ったら、高村さんみたいな方がそばにいるのに、どうして再婚を考えないのかしら」

高村は、ちょっとびっくりしたような顔になり、それから驚くほど繊細な表情で言った。

「あなたにも、僕の気持ちはわかってしまいますか……」

「あ、ごめんなさい、あたしったら余計なことを」

「いや」

高村は、とても淋しそうに微笑んだ。

「僕も出来るだけ自分を抑えようとはしているんですが、どうも、根が不器用なんですね。こうと思い込むと、他のことは考えられなくなる。しかし……美樹さんの気持ちも痛いほどわかるんです」

「美樹の、気持ち？」

「ええ」

高村は自分のマティーニをくいっとあおってから、あたしの方を向いた。

「彼女にはたぶん、僕の想いは通じているはずです。彼女だって僕のことを好きだと感じていてくれると思う……僕は、自惚《うぬぼ》れ屋だと思いますか？　僕みたいな男には、女性に好かれることなどあり得ないと？」

「そんな、とんでもない！」

あたしは思わず大声で言った。

「あなたはとっても素敵です。美樹があなたのこと好きなんだとしても、それは当然だわ」

「当然」高村は頷いた。「そう思ってくれますか。嬉しいな。僕も自分のことは知っているつもりです。そんなに大した男じゃないことはわかっている。だが、彼女は僕のことを好きなんだと、それだけは信じています」

あたしはかなり落胆したが、それでも、嫌な女だと思われたくなくて言った。

「だったらもっと積極的にプロポーズしてみたらいかが？」

「駄目なんです」

高村は、また淋しげな微笑みをつくった。

「彼女は……恐れている」

「何を？」

「また愛が壊れてしまうことを。彼女のご主人がしたように、僕がいつか彼女を裏切ってしまうことを、恐《こわ》がっているんですよ。だから彼女は、二度と結婚したくないと思っているんだ……きっと。そうなんです……他には考えられない。なぜ僕のことを拒むのか……拒まなくてはならない理由など、ないのに」

高村は、突然、片手の掌《てのひら》で顔を覆った。

啜《すす》り泣いている。

泣くなんて……

あたしは、たまらなくなった。こんなにも純粋に美樹を思っている高村の心が愛しく、そして同時に、いくら離婚で傷ついたからと言って、こんな高村の心を受け入れない美樹の頑《かたく》なさが憎らしかった。

あたしは、高村の手をとり、その掌を握った。幼い子供をあやすように、握った手をそっとさすりながら言った。

「心配しないで……大丈夫よ。美樹があなたを愛してくれなくても、代わりにあたしが、あなたのこと、愛してあげます」

高村が頬に涙を伝わらせながらあたしを見る。

綺麗な目だ。凜々《りり》しい顔だ。泣いているのに、少しも女々しく見えないで、むしろ、純粋さのせいで清々《すがすが》しくさえ感じられる。

「あなたが……ぼくを……愛してくれる？」

「ええ」

あたしは、成りゆきとは言え、いきなりこんな展開になってしまったことに戸惑いながらも思い切って言った。

「ご迷惑でなければ」

高村が今度ははっきりと微笑んだ。

「ありがとう」

あたしは、勝った、と思った。

美樹は気づいていないのだ。自分がどんなに大きな魚を逃《のが》そうとしているのかを。

だがそれも仕方ないことかも知れない。それが美樹の運命だったのだ。前の結婚の痛手から立ち直り切れずに新しい愛を受け入れる勇気が持てないことは、責められることではないのだろう。

やっぱり、十年前と変わっていない。美樹はいつも損な役を引き受けてしまう。それが彼女の人生なんだ、たぶん。

少しだけ、美樹を気の毒だと思った。

だが、すぐに考えるのをやめた。考えても仕方がない。それよりも大切なことは、高村の心をしっかりと繋ぎ止めること。二度と美樹のところへ返さないように、あたしのすべてを注ぎ込んで高村の心を摑《つか》むこと。

その夜、あたしは高村と結ばれた。そして、それからも頻繁に高村と逢い、愛を深め、夢中になって日々は過ぎて行った。


三ヶ月も経った頃、たまたま高村が海外出張でいなかった日曜日、あたしはふと思いたって美樹のマンションを訪ねてみることにした。高村と関係が出来てから一度も行かず、電話も自分からはかけなかったのだが、いよいよ高村の気持ちが本物だと確信出来るようになって来て、なんとなく、美樹の顔を見たくなったのだ。

それは、優越感だったのか、それとも、美樹に対してのうしろめたさだったのか。ともかくあたしは、美樹の好きなケーキの箱を抱えて部屋のベルを押した。

だが、返事がない。よく見ると、表札が出ていない。あたしは驚いて管理人室に駆け込んだ。初老の管理人が、あたしの言葉に笑顔で答えた。

「川井さんなら、先月の初めに引っ越しされましたよ」

仰天しているあたしの前に、管理人は一通の封筒を差し出した。

「これ、あなた宛ではないですか」

そこには、確かにあたしの名前が書かれていた。

あたしは、その白い封筒の封を開けた。

『どろぼう猫さんへ

ごめんなさい。あたしのこと、恨まないでね。わざと毒を盛ったわけじゃないの。本当よ。でもあなたはチイと同じね。あたしのお皿から盗むのが楽しかったんでしょう？　あなたには気の毒だなと思うけれど、一度くらいはあたしのために、あなたが損な役を引き受けてくれてもいいかな、なんて思ったの。それに、世の中なんておかしなものだから、もしかしたらあなたとなら彼、普通にやれるのかも知れないし。ともかく、いろいろとありがとう。さようなら。探さないでね。

美樹』

さて。

正直なところ、美樹があたしに盛ったものが毒なのかどうか、あたしには未だにわからない。美樹の離婚の原因がご主人の浮気ではなくて本当は、たった一度、雨の日に傘をさしかけてあげただけの男からひどいストーカー行為をされた挙げ句のゴタゴタだった、という話はその後、耳にした。そのストーカー男の名前が、高村だ、と知っても、あたしはさほど驚かなかった。考えたら、郵便受けに仔猫が入っていたことだって美樹の仕業なのかも知れないのだ。最初から、全部美樹が仕組んだことだったと思うことは出来る。だがその一方で、やはり高村との出逢いは偶然だったのかも、と感じることはある。まるでチイが美樹の調理している魚をどろぼうする時のように、あたしにはあの時、美樹の部屋を訪ねて来た高村のことが、本当以上に素晴らしいご馳走に思えてしまったのかも。ただ美樹のものかも知れないと思っただけで、高村のことがこの上もなくいい男に感じられただけ……？

いずれにしても、魔法が解けた今となっては、高村はまあ世間並み程度の美男子でしかないし、完璧だと思われた服装のセンスは単なるバカのひとつ覚えだったような気がするし、デートの時のスマートなエスコートにしたところで、高村が持っている数少ないパターンのひとつに過ぎなかったとわかってしまった。

でもね。

恋愛なんて結局、そんなもの、かも知れない。泥棒猫だからこそ、獲物に対して熱狂出来るものなのだ。

そして、盗んでくわえた獲物が毒入りだったかどうかにしたところで、最後まで気づかずにいることは意外と多いんじゃないだろうか。ゴールインして何年も経ってからようやく効いて来る毒だってあるんだし。

ともかく、もしあたしが高村に嫌気がさして別れ話でも持ち出した時には、それがどんな毒なのかはっきりするだろう。でも今のところ、細かな欠点はあるにしても、とりあえずあたしは満足している。

本当にあたしが損な役割を引き受けたのかどうかわかるには、まだしばらく時間がかかりそうだ。

花のゆりかご

1

覚悟はしていたものの、初めて迎えた京都の夏は、さすがに身にこたえた。北海道で生まれ育った道産子《どさんこ》だったが、東京暮らしが長かったので夏の暑さにも随分慣れたと自負していたのに、なるほど盆地の暑さというのはどうやら質が違うようだ。夏の盛りには日が落ちても気温が下がらず湿度はますます高くなって、真夜中にまだ室内の温度計が三十度を超しているなどとは、東京時代にも経験がない。これで冬は冬で、底冷えと呼ばれる異様な寒さに耐えなければならないのだから、この土地で生きて行くのはなかなか大変だ。

亜矢子《あやこ》は、洗濯物を干し終えるとベランダでひとつ大きくノビをして、それからゆっくりと町を見下ろした。

亜矢子は、このベランダから眺める京都の町が好きだった。

毎朝こうして洗濯物を干し終えた後、ちょっと無理をしたけれど、このマンションを買って良かった、と思う。

三十を過ぎてからの遅い結婚、それも相手はバツイチで、おまけに京都という、まるで未知の土地での新婚生活に、周囲では心配する声も多かった。京都の人は底意地が悪い、余所《よそ》者《もの》は辛《つら》い目に遭うそうだ、という話も嫌というほど聞かされた。しかし亜矢子にとっては、泥沼のような妻子持ちの男との十年近い関係を清算して、ようやく見つけた幸せだった。少しぐらい意地悪されたって平気だ、そんなことで負けてたまるかと、随分気負ってこの町にやって来たのだが、意外なことに、特にトラブルらしいトラブルにも遭わず、この秋には結婚五年目を迎える。

唯一、子供がなかなか出来ないことで、無神経な近所の主婦から「お子さんまぁだ?」「やっぱり子供がいないとねぇ、早く作りなさいよ」と聞きたくもないことを言われる時だけ、腹が立ってイライラもしたが、それは何も京都に限ったことではない、日本中どこに住んでも無神経な女というのは山ほどいるものだ。夫の敬《たかし》は特に子供を欲しがってもいないようで、焦る必要はないよ、と、亜矢子をなだめてくれる。そのせいもあって、最近では、このまま子供のいない結婚生活を続けて行くのもまたひとつの幸せかも知れないと、気持ちが落ち着くようになって来た。そして新婚二ヶ月目に、左京区の疏水《そすい》沿い、桜並木が美しい静かな場所に建ったこの新築のマンションを手に入れて、亜矢子は、自分の人生がどうやらそこそこいいものになったな、とささやかな満足を感じていた。

毎朝、こうして三階のベランダから疏水越しに京都の細々とした町並みや路地を見下ろす時間が、その満足を堪能出来るひとときだった。

眼下の町並みの中で、亜矢子が特に気に入っている場所があった。それは、丁度自然に下を向いた時に目に入る、すぐ近くの町内の、一軒の古い民家の裏庭だった。一軒、と言っても、京都の町中にはよくある「町家《まちや》」の一角で、隣家との境は薄い壁ひとつ、ウナギの寝床のように細長く、その庭は裏手にこぢんまりとついている。春にここへ越して来てから、その庭には実に様々な草花が育ち、蕾《つぼみ》をつけていた。そしてその蕾がほころび始めると、植木鉢に植えられたそれらの花々は、家の表玄関の前に移される。

ガーデニングがブームとかでマンションのベランダでも草花を楽しむ人々は増えたようだが、この京都ではブームなどまったく関係なしに、数十年、いや、百年以上も前から、どんな小さな民家でも植木のひとつやふたつ育てるのが当たり前だったらしい。実際、町を歩くと、そこいらの花屋で売られている鉢物などよりずっと立派な花を咲かせた植木鉢が、ごく普通の小さな民家の玄関脇にいくつも置かれていて、京都の人達の花を育てる腕前に驚かされたりする。千二百年も前から「都会」であり、戦前から大きな屋敷を細かく分けて長屋にして貸す「町家」の習慣があったせいで、町中には庭付きの家というのがとても少ない。そのせいか、京都では、庭に地植えするよりも植木鉢で花を育てる方が普通のようだ。

亜矢子が気に入っているその裏庭は、いわば、花のゆりかごのようなものだった。丹念に苗から、或いは株分けされて植え替えられた花々が、そのゆりかごで大切に大切に育てられ、ようやく一人前になると人々にお披露目される為に表に移されるのだ。初めて見た時、その庭では、花の終わったスノードロップが株分けされているところだった。その家に住むひとり暮らしらしい老婆が、庭に敷いた茣蓙《ゴザ》に座り込んで、丁寧に丁寧に根の土を落とし、手際よく株分けして別の鉢へと植え替えていた。亜矢子は、そのてきぱきとした仕事振りに見惚《みと》れ、家事が滞るのも忘れて小一時間もそれを眺めていた。まだ三月の半ば、ベランダに吹きつける風は冷たく、気がついた時にはすっかりからだが冷えてしまって翌日から風邪をひいたほどだったが、それでもその日以来、老婆の裏庭で次はどんな作業が行われるのか見るのが何よりの、そして誰にも内緒の楽しみになった。

スノードロップが終わる頃にはアッツ桜の小さな鉢がいくつも、蕾でほんわりと桃色になっていた。それらの鉢が表にデビューしてしまうと、今度は盆栽仕立ての桜の番。そして花の季節が訪れ、さつき、薔薇《ばら》、紫陽花《あじさい》、百合と次々にゆりかごで育った花達が表玄関へと移されて行った。鉢物の立派な花々の合間には、種から育てた草花も蕾を膨らませる。スミレ、サクラソウ、マリーゴールド。夏が近づく頃には、いつの間に蒔《ま》かれたのか小さなプランターに、朝顔の蔓《つる》が元気に背を伸ばしているのが上からでもはっきりわかるようになった。

亜矢子は、次第にゆりかごを眺めるだけでは飽きたらなくなり、デビューした花達の様子を窺いに、その民家の前を通って買い物に行くようになった。裏庭では蕾だった花々は、表に置かれるとまるで申し合わせたように一斉に華麗な花を開く。開花のタイミングを知り尽くして、ぴったりと時期を合わせて表に出す老婆の知識のささやかな勝利だ。そのおかげで老婆の家の表には、一年中見事な花が咲き誇り、通りかかった人々の目をしばし楽しませてくれる。

やがて亜矢子は、京都で暮らすひとつの法則をその家の前を通ることで学んだ。

この町では、花はお天気と同じに、会話のきっかけになっていた。家人が花の世話をしている時に通りかかれば、花の話題を持ち出すことで一面識もない人間でも親しく口をきいて貰えるようになるのである。ある意味では、熱心に花を作り玄関脇に飾るということは、見知らぬ者でも「話しかけていいですよ」「花を褒めて下さっていいですよ」という意思表示なのかも知れない。

花のゆりかごの持ち主であるその老婆もまた、花の話題になれば通りすがりの誰にであっても親しげに口をきき、にこやかに話をしていた。

亜矢子も、話をしてみたくなった。特にその老婆と友達になりたいというわけではなかったが、自分が楽しみにしている花のゆりかごの番人と親しく会話することで、いつの日か、そのゆりかごの中に招かれたい、そんな密かな願望が心の中に湧いていたのだ。

だが、ただ花を褒めたところで会話は続かないだろうし、話題もないのに見知らぬ女がしつこく話しかけて来れば、警戒されてしまうだろう。

亜矢子は、毎日の買い物にスーパーへ行く行き帰り、その家の前を通り、たまに老婆が表で水やりをしていると、視線が合った時に「見事な菖蒲《しょうぶ》ですね」「綺麗なさつきですね」と声をかけ、「おおきに」とにこやかに笑う老婆を見ることで我慢していた。

そんなある日、いつものスーパーが定休日であることをうっかり忘れて買い物に出てしまった亜矢子は、仕方なくそれまで行ったことのない商店街へと足を延ばした。そしてその商店街の中にあった小さな花屋の店先に、売れ残りの紫陽花の鉢を見つけた。そろそろ色が抜け始めた紫陽花は、元の値段の半額で店先にぞんざいに置かれていた。

公務員の夫の給料では分譲マンションのローン支払いがなかなか大変で、最近は極力無駄遣いをしないよう気をつけていたというのに、その紫陽花を見た途端、亜矢子はたまらなく欲しくなった。盛りを過ぎて元気のなくなった花色が何とも哀れで、そのまま売れ残って処分されてしまうのではないかと思うと、いたたまれなくなって財布を開けていた。

その紫陽花の鉢を抱えて戻る途中、亜矢子はふと、これがきっかけになるかも知れないと思いついた。そして、花のゆりかごの家の前に差し掛かった時、運良く表で水やりをしていた老婆に思い切って声をかけてみたのである。

「あの、これ、安かったんで買ってしまったんですけど、もう駄目でしょうか」

唐突に紫陽花の鉢を突き出して問う亜矢子に、老婆はいぶかりもせず、にこにこしたまま鉢を眺めて頭を振った。

「駄目ゆうことはないですわ。今年はもう終わりやけど、花が済んだら切り戻して油粕《あぶらかす》をやっておけば、来年はもっといい花がつきます」

「切り戻すって、どのくらい……」

「紫陽花は初めてですかいな」

亜矢子は頷《うなず》いた。

「紫陽花は強いから心配いりません。そやけど心配やったら、花が終わったら持って来なはれ。切り戻してあげますわ」

亜矢子は嬉しさで有頂天になり、何度も礼を言った。これで、あの花のゆりかごの中に入れて貰えるかも知れない！

その時、玄関の横の黒格子に、黄色いビニールの紐《ひも》が何本か縦に張られているのが目に入った。

「朝顔ですか」

当てずっぽうに訊いてみると、老婆がまた相好を崩した。

「はあ。今年はちょっと準備が遅れたんですわ。この頃なんや、腰が痛ぁてなぁ。もう歳ですかいなぁ。もたもたしていて蔓《つる》がすっかり伸びてしもうて。ああ、そやそや。おたくさん、どこに住んでますの？」

「あの」亜矢子は指さした。「あのマンションです」

「おやまあ、そうでしたか。あそこはよろしおすなぁ、南向きで。それやったら丁度ええわ、おたくさん、朝顔いりまへんか？　今年は間引くのも遅れてみんな本葉《もとは》が出てしもうてな、そうなると可哀想で、ついつい育ててしもたもんやから、苗が余ってしもうたんですわ。朝顔は簡単やし、行灯《あんどん》に仕立てたら場所も取らずに済むし、南向きやったらたくさん咲きますわ。少し貰《もろ》てくれまへんやろか」

亜矢子が呆気《あっけ》に取られている内に、老婆は玄関の中に引っ込み、ほどなくしてスーパーのビニール袋を下げて出て来た。覗いてみると、プラスチックの苗鉢に入れられた朝顔が三本入っている。

「でも……いいんですか？」

「遠慮せんといておくれやす。朝顔ばかりぎょうさんあってもしょうがおへんやろ。そやけど、どんな花が開くかはわかりまへん。何しろ、種はなじみの花屋からタダで貰うたんですわ、値引きの代わりに」

亜矢子はすっかりウキウキしながら、朝顔の苗と紫陽花とを抱えてマンションに戻った。花を育てるなんて、何年ぶりだろう。

大学で東京に出て以来、気まぐれで観葉植物を少し買ってみたことがある程度で、それも旅行中に水を切らして枯らしてしまった。

そう言えば、北海道の実家では、母がよく花を育てていたっけ。

花を育てるということは、家庭を持つということ……なのかも知れないな。

亜矢子は、ベランダに紫陽花を置き、蔓が伸び出してしまっている朝顔をビニール袋から取り出した。

何色の花が咲くかは、お楽しみ。

朝顔って、どんな色の花があったかしら？　赤紫とか、紫、白、それに水色もあった。

さて、忙しくなったぞ。

明日はまたあの花屋さんに行って、朝顔を植えるのに丁度いい植木鉢を買わなくちゃ。もう蔓が出ているから、行灯に仕立てるのには輪になった支柱も必要だし、肥料もいるわよね？

亜矢子は、もう一度こっそりと礼を言う為に、ベランダから花のゆりかごを見下ろした。

そこに老婆がいた……いよいよ朝顔のデビューなのだ、亜矢子にくれたのと同じ様な苗を数本、プランターに植え替えている。明日にはあのプランターが表に出され、伸び出した蔓は、老婆が仕度した黄色い紐に元気良く巻き付いて、ひと月もしたら鮮やかな色の花をたくさんつけるのだろう。

負けられないわよね。

亜矢子は、ベランダに置かれた三本の苗に声をかけると、老婆の植え替えのテクニックでも学ぼうかと、じっと目をこらした。

その視界に、不意に見知らぬ男が入って来た。上から見るとごま塩頭がはっきりわかる、中年の男性だ。

亜矢子は緊張した。二人の様子が何だかおかしい。

声まではさすがに聞こえないが、言い争っているのがその仕草でわかる。男が老婆の肩を摑んで揺すり、老婆はそれをうるさそうにはねのけて、挙げ句に手にしていた空の植木鉢で男のからだを殴り始めた。男も負けずに老婆の腕を摑んで植木鉢をもぎ取ると、それを思いきり花のゆりかごの地面に叩きつけた。素焼きの鉢が割れて転がる。

男は何か老婆の耳元で叫ぶような仕草をしてから、地面に転がっている割れた植木鉢を蹴飛ばして家の中へと消えた。老婆は後も追わず、その場にしゃがみ込んでいる。

駆けつけたい衝動を押さえつけながら、亜矢子はドキドキした胸に手を当ててじっと老婆を見守った。数分もしてから、老婆はようやく立ち上がると、植木鉢のかけらを掃除し始めた。やがて、老婆は家の中へと姿を消した。朝顔の植え替えも途中で止めたままで。

亜矢子は溜息を吐《つ》き、自分もベランダからリビングへと戻った。

平穏に暮らしていると思っていたあの老婆にも、他人の窺い知れない人生があるのだ。ただ花を育てて楽しく余生をおくっているわけではないのだ。

さっきの男は誰なんだろう？

あの遠慮のない喧嘩の様子からすると、かなりよく知った間柄だろう……そうか……息子さん？　年齢から考えても、そんな感じだった。

息子がいるのにひとりで暮らし、そしてその息子が訪ねて来ると喧嘩になってしまう、そんな老後。

亜矢子は、花のゆりかごの番人の人生を思って憂鬱《ゆううつ》になり、日が傾いてリビングが薄暗くなるまで、無気力にソファに座っていた。

2

それでも、翌日になると亜矢子は花屋に行き、店員といろいろ相談しながら、朝顔の為に鉢を選んだ。たまたまその店員は、花のゆりかごの老婆のことをよく知っていた。名前は津《つ》村《むら》うた、歳はもう八十に近いらしい。ずっとあの家に住んでいて、十二、三年前に連れ合いに死に別れてからはひとり暮らし。花を育てることだけが生き甲斐で、年金の半分以上を苗や肥料につぎ込んでしまうらしい。

「僕らなんかより、花のことは詳しいですよ、あのひと」

店員は、朝顔を行灯に仕立てる方法を印刷したチラシのようなものを袋に入れながら言った。

「僕らでも、わからないことがあると相談するくらいです。でもすごいですよね、京都のおばあさんって。本を読んだりして勉強した知識じゃなくて、みんな口コミなんですよ」

「口コミ?」

「ええ。京都の人ってほんとに花を育てるのが好きですからね。経験からいろんなコツを摑むでしょ、それを井戸端会議で人に伝えるんです。花の具合が悪くなると隣りのおばあさんに訊いてみるとか、そんな風にして勉強しちゃうんですよ。それで、本に書いてあるよりずっと役に立つ知識を持ってるんです。ガーデニングブームとかで最近は若い人にもハーブなんか育てるのが流行《はや》ってますが、ハーブなんて花物に比べたら簡単ですからね、京都のおばあさん達から見たら、ままごとみたいなもんでしょう。僕なんかこの店継ぐ前に東京の大きな花屋で修業したんですけど、こっちに戻ってからの方が知識は増えた気がしますよ……えっと、これでいいかな。朝顔は丈夫なんで失敗することはほとんどないですけど、陽当たりが悪いと花がなかなかつかないんで、陽当たりのいい場所に置いて下さい。それと水はかなり吸います。梅雨が明けたら朝晩二回くらい水やりが必要です。特にマンションのベランダはコンクリの照り返しで下の方が熱くなりますから、少し高いところに置いた方がいいかも知れないな」

「あの朝顔、どんな花がつくのかしら」

店員は、えっと、と言ってしばらく考えていた。

「うーん、何の種を入れたんだったかなあ。津村さんには時々サービスでいろんな種を差し上げてますからね。咲いてからの楽しみにするからって言って、いつも色のことは訊《き》かないんです、あのひと。あの日は……ああ、うちのバイトの子が応対してたんだ。今、学校が試験で休んでるんで、出て来たら訊いてみます。憶えてるといいんですが」

「あ、いいです、いいです」亜矢子は慌てて手を振った。「あたしも楽しみにします。どんな色が咲くのか」

「そうですか。朝顔は実にいろんな花がつきますからね。また何かあったら言って下さい。あ、これ、おまけ入れときます」

部屋に戻って袋を開けると、中に小さなビニールの袋が入っていて、マジックで『コスモス』と書いてあった。亜矢子はひとり笑いした……この分じゃ、あたしも花を育てるのが病みつきになりそう。

ベランダに出て花のゆりかごを覗く。今日は老婆の姿は見えないが、昨日、途中で放ったらかしにされた朝顔は、もうすっかり片づけられていた。早朝から作業して、ちゃんと表デビューを果たしたのだろう。

亜矢子はホッとした。津村うたの日常に束の間であれ、平穏が戻ったことに。植え替えが終わったら、いろいろと訊きに行こう。肥料はどのくらいやったらいいかとか、水やりの時刻はいつ頃がいいか、とか。

津村うたの人生がどんなものであれ、あの時喧嘩していた人との間に何があるのであれ、自分と彼女との繋《つな》がりは、ただ、花を介しての顔見知り、なのだ。それでいいのだろう。津村うたもまた、そうした関係だけを望むから、ああやってこまめに玄関に花を飾って声を掛けられるのを待っているのだ。

＊

紫陽花の花がすっかり終わってから、亜矢子は鉢を抱えて津村うたの家まで行ってみた。うたは、嫌な顔ひとつせずに、目の前でパチン、パチンと紫陽花の枝を切り詰めてくれた。だが花のゆりかごに誘われなかったことで、亜矢子は少しがっかりした。

切り詰められた紫陽花は、枯れることもなく、元気に新しい葉をつけた。朝顔も順調に蔓を伸ばし、七月に入ってすぐ、小さな蕾をつけた。

どんな色の花が咲くのだろう。

亜矢子は園芸図鑑を買い込んでは、朝顔のことを熱心に調べた。そしてその色数や模様の数の多さに圧倒された。

ベランダから眺めると、うたの家の玄関脇の朝顔も、今や、ビニールの紐のてっぺん近くまで蔓を伸ばし、たくさん蕾をつけている。陽当たりはこっちの方がいいはずなのに、さすがだなぁ、と亜矢子は感心した。多分、年季の差、というやつなのだろう。花も生き物だから、ツボを心得た慣れた手で世話をされれば機嫌良く育つのかも知れない。

祇園祭《ぎおんまつり》が近づいて、京都の繁華街でもコンチキチの音が響いて来るようになると、暑さも本番だった。

洗濯物があっという間に乾いてしまうのはありがたいが、ちょっと掃除をしていても汗だくになり、シャワーを浴びなくてはいられないのがやっかいだ。かと言ってエアコンをつけるときまって体調が悪くなるので、夫がいない昼間は出来るだけ我慢することにしていた。

その日も、洗濯物を干したついでにしばらく花のゆりかごを眺めた。津村宅の裏庭では、もうじきひまわりが花をつける。表に出す準備なのか、プランターに並べて植えられた小振りのひまわりが、裏庭の真ん中に置かれている。その横で、うたは堆肥のようなものを土と混ぜている。この暑いのに、本当によく働く。

何気なく視線を津村宅の裏庭から左へとそらすと、手前の路地を自転車が通り過ぎ、うたの家の前の路地へと曲がって行った。自転車に乗っている人の被《かぶ》っている帽子の青色が、真夏の眩《まぶ》しい光の中で涼しげに見える。建物の陰に入って自転車は見えなくなった。再び視線を戻すと、うたはひまわりの葉に屈み込んでいた。虫でも駆除しているのだろうか。ふと、うたが顔を上げ、腰を伸ばして家の方を見た。来客かな？　玄関のベルが鳴ったようだ。うたは、ゆっくりとした動作で家の中へと消えた。後には、ひまわりが行儀良くプランターに並んで、夏の暑さを楽しんでいた。

亜矢子はベランダからリビングに戻り、掃除機のスイッチを入れた。

ひまわりもいいな。大きいのはちょっと暑苦しいけど、あんな小さいのなら、並んで咲いたら可愛いし。

掃除が終わるともう汗が気持ち悪くていられなくなり、シャワーを浴びた。そして髪を乾かすついでに、ベランダへ出た。

あれ？

花のゆりかごの真ん中に、まだひまわりが置かれたままだった。

何だか……変。あれから一時間は経つのに。

プランターの横に、何か黒い小さなものが落ちている。あれは……そうだ、うたが愛用している花鋏だ。紫陽花の枝を切り詰める時も、うたはそれを使っていた。亜矢子は、目をこらしてその花鋏を見つめた。気のせいなのかも知れないが、鋏の先半分が、濡れているように光っている。それも……もしかしたらあれは……赤い？

視力は両目とも一・五あったが、さすがにこれだけ離れていると、それが気のせいではないと言い切る自信はなかった。

亜矢子はリビングに戻り、少しの間迷ったが、結局、何でもないわよ、と自分に言い聞かせて家事を始めた。だが日が落ちる時刻になって、またあの花鋏のことが気になり出してベランダへ出てみた。

花鋏はまだそこに置かれたままだった。しかも、ひまわりのプランターも庭の真ん中に出されたままだ。これまで一度だってその花のゆりかごで、やりかけの仕事が夕方まで放っておかれたことなどなかった。津村うたは、花の世話を中途半端なままにしておくような女性ではない。彼女にとって、花を世話することは、他のどんな仕事よりも大切なことなのだから。

夕陽に照らされた花鋏は、さっきよりも赤さを増したように見える。

不安が湧き起こり、心に細波《さざなみ》が立った。ベランダからはいくら身を乗り出して見ても、家の中を覗くことは出来ない。

亜矢子は、遂に部屋を飛び出して階段を駆け下りた。

津村うたの家の前までは駆けて行けばほんの一分かそこらだったが、それでも不安で心臓が激しく打った。

だが、表玄関の前に立った時、そこから先どうしていいか亜矢子にはわからなかった。

とりあえず呼び鈴を押してみる。応答はない。警察に行こうか。でも……行って、何と説明したらいいの？　花鋏が血で濡れているみたいだから心配して来た、なんて言って信用して貰えるかしら。第一、他人の家の裏庭を毎日毎日眺めていたなんてことがわかったら何と思われるか。それでもし、何でもなかったりしたら……

その時、亜矢子の正面にひとりの男が立っているのに気づいた。中肉中背でごま塩頭、この人はあの時の……

「何か御用でしょうか」

男は静かに訊いた。亜矢子はしどろもどろになりながら、必死で言い訳を探した。そして黄色い紐に絡み付いて伸びている、まだ蕾のままの朝顔を見た。

「あの、あたし、近所のものでして、いつも津村さんにお花のことを相談しているんですけど、あの、うちの朝顔が咲かなくて、あの、蕾が落ちてしまったんで、どうしたらいいかと、その……」

「そうですか」男は、特別警戒したようでもなく頷いた。「母ならこの時間は家にいるはずなんですが。出ませんか？」

「はい。何度か押してみたんですけど」

「おかしいな。ベルが故障したかな？　古い家なもので、あちこちよく壊れるんですわ」

男は玄関の引き戸を開け、中に向かって怒鳴った。

「母さん？　母さん、おらんのか？」

返事はない。男は、少し待っていて下さい、と亜矢子に言って家の中に消えた。

異様に長く感じたが、ほんの一分かそこらの時間だったろう。玄関の前で立ったまま待っていた亜矢子の目の前に、さっきの男が再び現れた。だがまるで別人のように顔つきが変わっていた。

「大変や」男は、動転しているのか、囁くように言った。「救急車呼ばんと。いや、一一〇番や……お袋が刺されてしもた……死んでしもたんや……」

3

津村うたは殺されていた。

直接の死因は、心臓に突き刺さっている果物ナイフによるものだったが、その前に太股《ふともも》を別な刃物で刺されていることが新聞に発表された。太股を刺した凶器は、庭に落ちていた花鋏だった。

警察は、強盗殺人の可能性が強いとみているようだった。留守だと思って入り込んだ泥棒が裏庭にいたうたに見つかり、花鋏で抵抗され、その花鋏を奪って刺してしまった。だがうたは死なななかったので、とどめをさす為に台所の果物ナイフが使われた。そうした「犯行の筋書き」が、昼のワイドショーなどでも放送された。

亜矢子は、しばらくの間、意気消沈して何も手につかずにいた。

津村うたという女性に個人的な親しみを感じていたわけでもないし、花以外の話題では一言も交わしたこともなかったのに、それでも、異邦人の自分に朝顔の苗をくれた老婆のことを、心のどこかで慕っていたのだと思った。強がってはいても、京都で暮らし始めてから友達のひとりも出来ずにいたことが淋しかったのだ。たとえ、花以外のことでは何ひとつ心を通じさせることが出来なかったとしても、たったひとつ、共通な話題を「京都の人」と持てたことが、嬉しかったのだ。

だがそれが、こんな形で終わってしまったなんて。

うたの葬式は簡単に済んだ。もともと京都では葬儀は極めて簡素なことが多いのだが、特にうたの葬儀は質素で、弔問客も近所の人達ばかりだった。

葬儀の後一週間、ほとんど外出もせずに呆然と暮らして、亜矢子はようやく洗濯物をベランダに干す気力を取り戻した。乾燥機ばかり使っていては服が傷むし、それにあの、花のゆりかごがどうなったのか気になるし……

見下ろして、亜矢子は愕然《がくぜん》とした。

花が枯れている！　ひまわりも、ダリアも、サルビアも……ああ、秋の為にと準備されていたコスモスも桔梗《ききよう》も！

誰も省《かえり》みなかったのだ。

誰ひとり、ゆりかごの花達に水をやってはくれなかった。

涙が止まらなかった。そして、こんなことは我慢出来ない、と思った。このますぐ目の前で、大切な花のゆりかごが壊れて行くのを見るのは耐えられない！

亜矢子は、葬儀の時に貰った挨拶状を探し出した。喪主となっていたのは、あの時遺体を発見した、津村うたの息子、津村雅行《まさゆき》だったはず……だが、葬儀の挨拶状には雅行の住所がなかった。亜矢子は葬儀社に電話した。葬儀社は渋ってなかなか教えてくれなかったが、初七日に行かれなかったのでどうしても遺骨がお墓に入る前にお線香をあげに行きたいからと頼み込んで、雅行の電話番号を聞き出した。そして、考える間もおかずに電話した。

幸い、本人が家にいた。亜矢子は正直に話した。自分の家のベランダから津村うたの家の裏庭が見えること。そしてそこで育てられる花を見るのが、自分の楽しみだったこと。うたに朝顔を貰って本当に嬉しかったこと。今、手入れされなくなった裏庭で花が枯れて行くのを見て、いたたまれなくなって電話したこと。

「お花を譲っていただきたいんです。全部とは言いません、ご親族の方がいらないとおっしゃる、草花だけでけっこうです。お金も払います。育ててみたいんです。京都に来て初めて親切にしていただいた津村さんが大切にされていたお花を！」

津村雅行は、亜矢子の頼みを聞き入れてくれた。

待ち合わせした時刻にうたの家の前に行くと、雅行はもう来て待っていた。

「母の花なんか親戚の誰も欲しがりませんから、全部差し上げます。運ぶのが大変なようでしたら、息子を来させましょうか」

「いいえ……近いですから、歩いて往復します」

雅行は笑った。

「それは無理でしょう……まあちょっと、中に入って見てごらんなさいな」

雅行の言葉通りだった。家の中に入って、亜矢子は驚いた。京間の六畳が一間に台所、それに続きのもう一間があるだけの小さな家なのに、至る所に花の鉢が置かれている！　その数は、多分五十鉢は下らないだろう。そして憧れの花のゆりかご……裏庭。

一歩足を下ろした途端、亜矢子は歓声をあげていた。

ベランダから覗いたのではその半分ほどしか見えなかったのだが、狭い裏庭一杯に花、花、花……

「呆れたでしょう？　母は花狂いしてたんや。ちょっとおかしくなってたんです。花のことしか考えてへん。息子のわしや、孫のことなんかより花の方が大事やったんや。死んだ人間の悪口なんか言いたくはないが、花に注いだ愛情のほんの何分の一かでも、孫や嫁を可愛がってくれとったら、こんな淋しい死に方はせんで済んだのに……自業自得や」

亜矢子にも、それは異様に思えた。

この、花に注いだ情熱は、尋常ではない。まるで花の為にだけ生きていたかのような、うた。

「どうします？　いくらなんでもこれは多いでしょう？　なじみの花屋に言って、蘭やとか盆栽は引き取って貰おう思うてますんや。その前やったらいつでも来て、好きなのを持って行ってもろてかましません。鍵は隣りの西田《にしだ》さんとこに預けときますわ。どうせ財産と呼べるようなもんなんか、ひとつもないし。年金も、わたしが渡す小遣いも、全部花につぎ込んでたんやから、何しろ」

亜矢子は礼を言うと、庭の中から、水切れでも健気《けなげ》に緑を残しているゼフィランサスの鉢を選んだ。他にも気になる鉢はあったが、ともかくこれでは選ぶだけで大変だ。それより、水をやりに時々来た方がいいだろう。

亜矢子は雅行と一緒に裏庭の鉢に水をやり、家の中の鉢も点検してから外へ出た。

表の鉢はどれもしっかり水が撒《ま》かれていて元気がいい。多分、隣家の者が自分の家の鉢に水やりするついでに撒いているのだろう。

朝顔は、どうやら咲いたらしい。

時刻が昼下がりだったのでもうしぼんでしまっていて、青っぽい色であることしかわからないが、いくつもの花が開いた痕跡があった。ふと、朝顔のプランターに目が行った。何か白いものが土にさしてある。

「うきぐも……？」

それは、白い小さなプラスチックの板だった。それに黒いマジックで、うきぐも、と書いてあったのだ。

「何かしら、うきぐもって」

「朝顔の品種ですわ」

雅行は、しぼんでいる花びらを指先でそっと開いた。

「白い花に、水色のまだら模様が入るんです。いや、うきぐも、いうんやから、地が水色で白の斑紋が入っていると思うた方がええんかな。なかなか綺麗な花です」

「お詳しいんですね」

「母の花狂いにつき合わされて、何十年もやって来ましたからなあ。そやけど珍しいな、母は、朝顔は単色が好きやったはずですが」

「種を花屋さんから貰ったとおっしゃってました」

「そうですか。ああ、もし良かったらこれも貰ってくれますか。草花は花屋も引き取らんやろから、ほかすしかないんです。そやけどせっかくこうして咲き始めたのにもったいないですしなぁ。九月いっぱいくらいまで咲きますから」

亜矢子が頷いて礼を言おうとした時、路地を二人の男が歩いて来た。二人ともこの暑いのに背広姿で、からだが大きく、目つきが鋭い。

と思った次の瞬間、亜矢子は目を疑った。男のひとりが、胸のポケットから手帳を取り出して広げたのだ。

「津村雅行さんですね。お母さまの事件についてちょっとお伺いしたいことが出来ましたんで、署までご足労願いたいんですが」

雅行は一瞬、亜矢子を見た。だがすぐに、奇妙な表情で頷くと、二人の男の間に挟まれるようにして路地を歩いて行った。

亜矢子は、声も出せずにそのうしろ姿を見送った。

4

母親殺しの容疑者として雅行の顔写真が新聞に載ってからも、亜矢子は津村うたの家を訪れ、隣家の者に鍵を借りては花の鉢を世話し続けた。そして、花屋が引き取りそうにない安価な草花の鉢を、少しずつ自分の家のベランダに持ち帰った。

息子が母親を殺してしまったことについては、不思議なほど何の感想も持たなかった。あの、異様な花の洪水の中に立って、この花に注ぐ愛情の何分の一かでも欲しかったと呟《つぶや》いた雅行が、花に狂ってしまった母親を殺したのは自然なことのようにすら思える。殺人の動機は、その小さな家の相続問題だったと週刊誌には載っていたが、亜矢子には信じられなかった。あの時の雅行の顔も声も、欲得に狂って凶行をおかした人間のものではなかったのだ。もし理由があったとするならば、花。それしか想像することが出来なかった。

「ちわーす」

玄関で声がした。顔を出すと、若い男が立っている。花屋の青い帽子を被っていた。

「こちらのお花、引き取らせて貰うことになってるんですがぁ」

「あ、はい……あたしもこの家のものじゃないんですけど」

男はとても若かった。まだ少年、と言ってもいいような顔立ちだ。高校生くらいだろうか。そう言えば、バイトの店員が試験で休みだとかってあの花屋さんが言っていたっけ。

男は亜矢子の言葉が終わらない内に家に上がり込んで来ると、ノートに花の種類を書き留め出した。亜矢子は、ちらっと花を見ただけで種類を書き付けて行く男の手元を感心して眺めていた。

「詳しいのね……花の名前、みんな憶えているの？」

「ここの奥さんが教えてくれたんです」男は仕事の手を止めずに言った。「配達のたびに、お茶ご馳走になってましたから」

亜矢子は意外に思った。津村うたが、こんな若い男の子を家にあげてお茶を出していたなんて。

「うたさんと、仲が良かったのね」

「別に」

亜矢子は、男の顔を見た。その口調の素気《そっけ》なさが気になった。配達のたびにお茶をご馳走してくれるなどというのは、そうそうあることではなかったろうに、その相手が死んだことに対して何の関心もない、そんな感じだ。亜矢子は苛立った。多分うたはこの少年を可愛がっていたのだ、彼女なりに。それなのにこれでは、うたが可哀想じゃないの。

「ほんとに残念だったわね。もうちょっとで咲くのが見られたのに、うたさん」

「何がですか？」

男は手を止めず、亜矢子の顔も見ずに訊いた。

「朝顔よ。あなたがうたさんにプレゼントした、あの朝顔。うたさんが亡くなった日ね、もう少しで蕾が開くところだったのよ」

男はチラッと亜矢子を見て、うるさそうに目を細めた。

「特に俺がプレゼントしたわけやないですから。お得意さんにはおまけに付けることになってたんで、適当に種を渡しただけです」

「でも」亜矢子は腹立ちを押さえつけた。「うたさんは大切に育てて、咲くのを楽しみにしてらしたわ。だからあんな風に朝顔の品種を書いておいたのよ。きっと、種が出来たら来年も蒔くつもりだったんじゃないかしら。そうそう、あなた、うたさんに朝顔の名前、教えてあげたのね」

気のせいか、男の瞳が光ったように感じた。

「俺、教えてませんけど」

「あらでも、ちゃんとプランターに名前が……」

「あの人、花のことはよく知ってましたから」

「でも……」

「俺、会ってないですから、ほんまに。試験で店を休んでましたから」

亜矢子は、たっぷり一分間も、じっと男の姿を見ていた。

男が家の中でも被ったままの青い帽子が、亜矢子の記憶の中に舞い戻って、目の前をすっと横切る。

あの日、ひまわりがその暑さを楽しんでいた七月の昼下がり、亜矢子の視界を通り過ぎた、青い、花屋の帽子。

それから後じさりするように家を出ると、亜矢子は駆けて自分のマンションまで戻った。ベランダには、うたが育てていた朝顔のプランターがあった。今でも土に、白いプレートをさしたまま。

うきぐも。

うたの死体を発見した時、朝顔はまだ蕾だったのだ。開いてはいなかった。もしあのアルバイトの言うことが真実なのだとしたら、どうしてうたには、その花が『うきぐも』だとわかった？　彼が嘘を吐いてるのだとしたら……なぜ嘘を吐く必要がある？

朝顔の名前を教えたかどうか、そんなつまらないことで！

＊

「御礼だなんて、そんな」亜矢子は、菓子折の包みを差し出して頭を下げたままの夫婦に困惑した。「ほんとにもう、お気遣いなく」

「いやでも、お陰様で殺人犯になるところを助かったんですから、もう、なんぼ御礼しても足りません」

「最初は警察もあの子に目をつけていたそうですよ。盗癖があって、前にも年寄りの家に忍び込んで捕まったことがあったらしいですし。でもあの日、津村さんのところに配達する予定はなかったんで、アリバイは曖昧のまま、何となく捜査対象からはずれてしまったのだとか」

「わたしの方が有力容疑者として浮かび上がったからですわ」雅行は苦笑いした。「母と仲が悪くて、いつも喧嘩してたゆう噂が警察の耳に届いたんです。近所の目ゆうのんは恐いもんですわ。しかしねぇ、あんな小さな家と土地、この不動産が安い時に、あんなもんの為に自分の母親殺すやなんて、そんなアホな」

「でも、警察は主人を本気で真犯人やと思ってたんですから」雅行の妻は、大きな溜息を吐いた。「一時はほんまに、生きた心地がしませんでした。それにしても最近の高校生は凶悪ですわ。お義母《かあ》さんの家なんか入ってもお金なんかないってわからんかったんやろか」

「あの年頃はおとなびたこと言うても、頭ん中は子供ですさかいな。うちの息子もちょうどあの子とおない歳なんですわ。そう思うたら、肝が冷えました」

「衝動的だったんでしょうね。警察の話ではあの子、あの日、たまたま別の配達で津村さんの家の前を通りかかって、何となくご機嫌伺いに呼び鈴を押したんだそうです」

亜矢子は、あの日の暑さを思い出した。少年はきっと、配達の途中で喉が渇いたのだ。それで、タダで冷たい飲み物が飲めて、少しの間涼しい部屋で休めるところとして、うたの家を思い出した。

「津村さんに勧められて、あがってジュースを飲んでいると、半分開いたままの箪笥《たんす》の引き出しが目に留まった。津村さんはあの子から聞いた朝顔の名前をプレートに書き、プランターにさす為に部屋を出た。あの子はそれで……ふらっと箪笥を開けて、中の財布を摑み出したところに津村さんが戻って来て、喧嘩になって……」

「気の毒な、お義母さん」雅行の妻は、溜息を吐いて肩を落とした。「こんなことになるんやったら、仲直りしとくんやったわ」

「おまえのせいやない。何度も、もう一度仲良くやれんかと説得したのに、聞く耳持たなかったお袋が悪い。だいたい、わしらがあそこを出たのかて、健太《けんた》が盆栽の枝を折った時に、お袋が鋏でどついたからやないか。健太の頰には今でも傷が残っとるんやで」

「刃の方でぶつつもりやなかったのよ。あの時はうちも逆上して、ずいぶんきついこと言うたけど、お義母さんだってわざと健太にケガさせようとしたわけやなかったと思う」

「そやけど、健太はまだ六つやったんやで。普通なら孫は目に入れても痛ないゆうのに、お袋と来たら、花の方が大事やった」

「でも……やっぱりあの時、うちらが見捨てたりしなければ、お義母さん、こんなに花に狂うこともなかったんやないかしら……お義母さん、ものすご淋しくて、淋し過ぎて……花にとりつかれてしまったんやわ……」

淋しくて。淋し過ぎて。

孫とおない歳だというだけで、素性もわからぬ少年を無警戒に家にあげ、そして殺されてしまった、うた。

単色の朝顔が好きだったはずなのに、自分を慕ってくれていると思い込んでいた少年がくれた『うきぐも』だから、わざわざ名前を書き留めて……種をとり、翌年も咲かせようと……


淋しくて。


亜矢子は視線を津村夫妻から、ベランダの方へと移した。

そして、愕然とした。

ガラスの戸の向こう側に、小さな庭が出来ている。半月前まで殺風景だったベランダに、うたが育てた草花がぎっしりと並んでいる。

花のゆりかごは、今、目の前にある。

風が吹いた。ゆりかごの花たちが一斉に揺れた。

浮雲《うきぐも》も、揺れた。
淋しかったら、ここにおいで、と、誘うように。
囁くように。

誰かに似た人

1

この世の中に、自分に似た人間は三人いる、と言われている。

本当なのかしら？

幼い頃からずっと、鏡を見るたびに、ミル子はそのことについて考えていた。


ミル子は自分の顔が嫌いだった。鼻の先が丸くて毛穴が目立ち、肌のきめは粗く、色もさほど白くない。片エクボが出る頰は、可愛いと言ってくれる人もいるけれど、どこか子供っぽくて、ブランドものの洋服などがそのエクボのせいですごく不似合いに見える気がする。いちおうは二重瞼《ふたえまぶた》だけれど、二重の幅が広いので何だか眠そうだ。それに、目尻が少し垂れているのも、今っぽくない。

唯一ましだと思っているのは唇だけだった。だから、化粧をする時でも口紅を塗るのがいちばん楽しい。

自分の顔色に似合っていると思うのは、オレンジ系のベージュ色だ。口角を少し上げ気味にしてくっきりと塗り分け、ティッシュで何度も押さえて色味を一度落としてから、もう一度丁寧に筆を使って塗ってまたティッシュで押さえる。この作業だけで五分はたっぷりとかかるが、塗り上がった唇をすぼめて鏡に向かってキスする仕草をした時の満足感はたまらない。

今夜も、気合いを入れて丁寧に塗った唇がより引き立つようにと口紅と同色のブラウスを着込み、ミル子は夜の街に出た。

銀座もこの不景気で、誰に会っても浮かない顔をしている気がする。ミル子の勤める店もつい最近、家賃が月にして五万円ほど安い場所へと引っ越したばかり。たった五万円の節約を引っ越しという手間暇かけてしなくてはならないほど、店の経営は大変なのだ。

幸い社用族専用の店というわけではなく、ちょっと給料のいいサラリーマンなら何とか自腹で飲める程度の店だったので持ちこたえているのだが、社用族しか相手にしていなかった高級店は軒並み経営難で閉店してしまったところも多い。ミル子もこの仕事を始めて五年、そろそろ自分の店が持ちたいと思っていたのだが、経営者の悲嘆を間近にしている内にその気力も萎《な》えてしまった。

「おっはようございまぁす」

景気づけに明るい声で言ってみたけれど、美容院から出て来たばかりの完璧にセットされする。

た頭を揺らしながら、帳簿をめくって留息を吐《つ》いているママの顔を見てしまうと、意気消沈する。

「ミル子ちゃん、ちょっと見てよ、もう駄目だわ」

ママの「もう駄目だわ」は口癖なので気にしないことにしているが、ミル子はともかくママの前に座った。

「四ヶ月連続で売り上げ減よ。これだけいろいろサービスして頑張ってるのに、もうどうしたらいいのかわからないわ」

「世の中全部がどん底なんだから、ママ」

ミル子はママの煙草《たばこ》に火を点《つ》けてやった。

「ママのせいじゃないわ。今は辛抱するしかないんじゃない？」

「銀行はもう少し経費節減しろって言うんだけど、もう限界よ。女の子だってミル子ちゃん以外は全部バイトに替えたし、ボーイだってトンちゃんだけにしちゃったのよ」

「セットのお通し、乾きものはやめたらどう？　ママの手作りの漬物評判いいじゃない？全部あれにしちゃえば一万以上浮くわよ」

「それはそうだけど、八百屋さんから野菜の切れ端タダで貰って来て作っているなんてバレたら恥ずかしいし」

「今さら恥ずかしいとかそういうこと、言ってる場合じゃないじゃない。あ、まさかママ、あたしのお給料減らそうと思ってるんじゃないでしょうね！」

「まさか」

ママはふうっとまた溜息を吐いた。

「今だってチーママとしたら破格の安いお給料で来て貰ってるってよくわかってるわ。これ以上減らしてもしミル子ちゃんに逃げられちゃったら、あたしだってやって行けないわよ。何しろ他の子は、水割りの作り方もろくに知らない素人ばっかりなんだもの」

「素人でも同伴は出来るわ」

ミル子は腕まくりでもするような気分で立ち上がった。

「ともかく、売り上げが伸びれば問題解決なんでしょ。今月はちょっとバイトのお尻叩いて、同伴率上げさせるわよ。その代わりご褒美《ほうび》は用意してやってよ」

「同伴したお客さんが使ったお金の一割バック、でどう」

「少ないんじゃない？　ボトル入ってる人だと二万も使わないわよ」

「そこをもう一押しして、ボトル入れさせるように仕向けさせてよ、ミル子ちゃんの教育でさ」

「二割は覚悟して、ママ」

「……わかった」

ミル子は頷《うなず》くと手帳を取り出し、バイトの女の子の携帯電話番号が一覧にしてあるページをめくった。

「もしもし、カナエちゃん？　ミル子です。おはようございまーす。今日はお休みしないで出て来れそう？　……そう、それなら良かった。ううん、ちょっとお願いがあるんだけど。ほら、ちょっと前に来たお客さんで、カナエちゃんにバリ島に行こうって誘ってた人がいたの覚えてる？　うんうん、そう、あの鼻のあたまに黒いほくろのある人。カナエちゃん覚えてね、あの人ね、TY企画の高松《たかまつ》さんって言うのよ。あの人今月に入ってまだ一度も来てくれてないから、そろそろ顔出して貰いたいのね。そう、そうなの。うん、遅刻して構わないから。晩御飯も食べさせて貰って来なさいよ。え？　どこだって大丈夫よ、カナエちゃんがねだればきっと連れて行ってくれるわよ。今から高松さんの携帯の番号教えるからね、メモして。いい？」

ひとつ電話を終えるとどっと疲れが出る。アルバイトの女の子たちはみな気だてが良くて明るい子ばかりだったが、水商売については無知に等しい状態なのだ。客の名前と顔もほとんど一致していないし、同伴を頼んでも、何と言って相手を誘えばいいのか、科白《セリフ》のひとつずつまで教えてやらなければひとりでは何も出来ない。

開店時刻は過ぎていたが、客の来る気配はなかった。最近は比較的早い時間の方がまだしも混むのだが、今日は厄日かも知れない。三人ほどのバイトに同伴の指示を出したところでくたびれて、ミル子は洗面所に立って化粧を直した。ミル子の化粧直しは脂《あぶら》浮きを押さえて軽くファンデをはたいた後、口紅を塗り直す、それだけだ。

鏡に見入っていた時、ドアの向こうに聞き慣れた声がした。

ミル子は焦って洗面所を出た。

島津《しまづ》啓介《けいすけ》だ！


「よ、ミル子！」

島津は片手を挙げてミル子に挨拶する。

「また口紅塗ってたのか。よく飽きないなぁ」

ミル子は跳ねるように島津の隣りへ座った。

「先週は一度も来てくれないんだもの、どうしたのかなって心配しちゃった」

「あれ、言ってなかったっけ？　学会があってロスにいたんだ、十日間」

「ほんと？　あたし聞いてないわよ、どうして？」

「ごめんごめん、ミル子にはいちばん先に言ったと思い込んでたよ。その代わりこれ、お土産」

島津は小さなビニールの袋をミル子に差し出した。いつもこうなのだ。島津のプレゼントは安っぽい免税店の袋に入ったままだった。でもミル子はすごく嬉しかった。

だって島津はちゃんと、あたしの好きな色の口紅を買って来てくれるのだもの。

この店に来る客はさほど金持ちというわけでもないので、女の子へのプレゼントも驚くほど高価なものだったりはしない。銀座では、数百万の車のキーを胸の谷間に落とされただの、一千万のエメラルドの指輪をいきなり指にはめられただの、と、冗談にしか思えない伝説も数多くあるようだったが、もちろんミル子はそんな話とは縁がない。

袋を開けると、中にはサンローランの金色の小さな箱が見えていた。

ミル子は、島津の頬に軽くチュッとキスしてから、島津の好きなブランデーをグラスに注《つ》いだ。

島津は風呂で鼻歌を歌う癖がある。五十に手が届く年齢だったが、なぜか歌うのはいつも、スピッツだった。女子大生の島津の娘がファンで、一日中聞かされている内に耳について離れなくなったらしい。

「おーい、ミル子も一緒にどうだぁ？　背中流してやるぞぉ」

風呂場から島津が大声で呼んだ。

ミル子はちょっと残念だった。新品の口紅を試してみようと思ったところだったのに。だが、島津は風呂ではセックスしないとわかっていたので、はぁーい、と返事をしてブラウスを脱いだ。

これまでつき合った男の中で、島津はミル子にとって最高だと言える。妻子持ちなのは店の客だから仕方ないが、適当に金離れが良くて適当に小市民、札束で頰を張るような真似は決してしない。したくてもたぶん、出来ないのだろうが、ミル子は今さら金で男の奴隷になるつもりはなかったので、そのくらいで丁度良かった。セックスのたびにお手当を貰うわけでもないので、愛人、というじめじめした感覚にはならないで済む。

そうなのだ。ミル子は、島津のことが好きだった。

特に小遣いを貰わなくても、週に何度か店に顔を出してお金を遣ってくれればそれで充分だ。銀座の女がそんな考えでは駄目なのかも知れないが、元々ミル子はさほど贅沢な生活がしたいと思う方ではなかったし、この五年間の銀座の生活でも、好みじゃない男とは一度も寝たことがない、というのが誇りでもあった。

こんな淡々とした恋愛を、銀座の女がしたっていいじゃない。

ミル子はそう思っている。

バスルームのドアを開ける前に、ソファに放り投げられていた島津の上着が目に入った。

ミル子はそれを取り上げ、クロゼットまで運んでハンガーに掛けようとした。

その時、島津の上着のポケットから、何かが落ちた。

写真だ。

ミル子はそれを拾い上げた。別に自分の知らない島津の生活まで詮索《せんさく》するつもりはなかったが、本当に何気なく、ミル子は写真を見てしまった。

悲鳴を上げるほど驚いた。だがかろうじて、自分の口を掌《てのひら》で押さえた。

そこには、自分、がいた。

あたし。

だってこの顔は間違いない……あたしだ！　髪型は違っている。あたしはセミロングだったが、写真の中のあたしはショートボブにしている。そして口紅の色が違う。あたしは絶対にこんな色は使わない……紫がかったピンクだなんて！

写真の中のミル子は、島津と親しげに肩を寄せ合って嬉しそうに笑っている。後ろにミッキーマウスがいた。ディズニーランドだ……ロスの。

それでようやく気づいた。それはミル子ではなかった。

ミル子より、かなり若い。別人だ。

島津とつき合い出してから初めて、激しい嫉妬《しっと》の感情が胸に湧き起こるのを感じた。

これが自分よりも明らかに綺麗な女だったら我慢出来ただろう。いや、店の客を愛人にすれば、そのくらいのことはむしろ当たり前なのだ。自分以外の女がいたくらいでおたおたしていては、こんな商売は務まらない。

だが、写真の中の女が自分そっくりだったことが、ミル子の感情を逆撫《さかな》でした。

どちらが身代わり?

島津にとって、あたしとこの女と、どちらが本物でどちらがレプリカなのだ?

ミル子は、怒りを押し殺して写真を島津の上着に戻した。そして、バスルームのドアを開けた。

島津は子供のように無邪気な顔で、石鹸《せっけん》の泡をバスタブ一杯に散らしていた。


「ねえ、島津さん」

ミル子は島津の胸に白い泡を擦《こす》りつけながら、甘え声で訊《き》いた。

「あたしの口紅の色、どう思う?」

「どう思うって、似合ってるよ。ミル子はその色が自分にいちばん似合う色だから選んだんだって言ってたじゃないか」

「そうだけど……でもそろそろ、飽きて来たかなぁなんて思ったの」

「なんだ」

島津は笑いながら、ミル子の手からスポンジを取り上げるとミル子をうしろ向きにさせ、背中を擦り始めた。

「それなら別の色を買って来たら良かったなあ、土産」

「ううん、違うの。あたしは気に入ってるのよ、今でも。ただ、島津さんが飽きたんじゃないかなって」

「俺が？」

島津は楽しそうに、スポンジを上下させている。

「俺はいいよ、ミル子が気に入ってる色ならそれで充分だよ。ミル子がいちばん綺麗に見える色なら、文句言うはずないじゃないか」

「でも……ねえ、ピンクはどうかしら。ちょっと紫の入ったような。肌の色が白く見えるんじゃない？」

「どうかなぁ……紫とかピンクなんて、ミル子っぽくないと思うけどな。でも試してみたらいいんじゃないか？　欲しいなら、明日にでもデパートに行ってみるかい？　サンローランならデパートにもあるだろう？」

ミル子は島津の方に向きを変え、島津の手からスポンジを受け取ると、島津を反対向きにさせて背中にスポンジを擦りつけた。

優しい島津の、優しい背中。

渡すもんか。

ミル子は唇を噛《か》んだ。

あんな、あたしのレプリカなんかに、この人を渡してなるものか！

ミル子は闘志を燃やしていた。

大切な恋人の島津に、自分とそっくりで、しかも自分よりずっと若い女がいたことは許しがたいことだ。島津に妻がいるのは、これはもう銀座の女の恋なのだから仕方ないことと諦めているけれど、別の愛人となると話は違って来るのだ。

セカンドの女ならいいけれど、サードなんてプライドが許さない。

2

「ミル子、ちょっとどうした？」

島津が面白そうな顔で、必死になって島津の男に奉仕しているミル子の頭をそっと起こした。

「どうじだってなにが？」

くわえたままじゃうまく喋れない。

「く、くすぐったい」

島津は思わぬ快感に笑い声をあげた。

「ミル子、ちょっとタンマしよう」

ミル子は、せっかく気分出て来たのにぃ、と不満だったがおとなしく島津から離れた。はっきり言って島津はそんなに強い方ではないので、無理をするとかえって夜が中途半端なまま終わる危険性がある。

「ミル子、今日やたらと積極的だなぁと思ってさ」

島津はミル子のからだを膝の上に抱え、小さな子供でもあやすように頭を撫でた。

「嫌い？」

「とんでもない、好きだよ。ただ、ミル子、何か嫌なことでもあったのかなって心配になったんだ」

あったわよ、何よあの女、いったいどうゆーつもり、あたしをなんだと思ってんのよ、あの女が誰なのかさっさと白状しなさい、このスケベおやぢ！

と言う代わりに、ミル子は島津の胸に額を付けてスリスリした。

「この頃ぉ、お店がさっぱりでしょう？　ママのことも心配だしぃ、あたしもいつまで、銀座で働けるのかなぁ、なんて思っちゃうとぉ、何か落ち着かなくってぇ」

「やっぱりミル子のとこもダメなのか。しょうがないな、この不景気じゃ」

「島津さんは大学のセンセだから不景気なんて関係なくていいね」

「そうとばかりも言ってられないんだよ」

島津はふうっと溜息を漏らした。

「学生の就職が決まらないんだ。僕、今年は学部の就職対策委員やってるでしょう、毎日毎日、企業の人事担当者と会って、何とかひとりでも多く採用してくれないかって頭下げてさ、イヤになっちゃうよ。バブルの頃は、僕らが何もしなくたって、企業の方から菓子折持ってやって来たもんだけどねぇ」

「でも」

ミル子は半分本心で言った。

「その頃は島津さん、企業の接待でもっと高いお店に行ってたんでしょ。そのままだったらあたし、島津さんに逢えなかった。だからバブルが弾けて良かったって思うこともあるよ。ねえ……島津さん、ミル子のこと好き?」

「当たり前じゃないか。大好きだよ」

「奥さんの次に好き?」

「うーん」

島津は苦笑いした。

「奥さんってのはミル子と同じに並べて考えられるもんじゃないんだよ、男にとっては、奥さんとか娘とかは。ミル子とどっちが好き? っていうの、反則だよ」

何だかムシのいい話だ。でも男って奴は、こんな屁理屈が通ると本気で信じている人種なのだということを、ミル子は充分知っていた。だから逆らわずに頷く。まあ仕方ない、あたしだって、僕とディカプリオとどっちが好き? なんて訊かれたら返事に困るもんね、きっと。

「じゃあ、じゃあ、奥さんと娘さんは除《の》けて、いちばんに好き?」

「好きだよ」

島津は躊躇《ためら》わずに言ってまたミル子の頭を撫でた。島津が何かというとするその仕草は、とても気持ちのいいものだったがそれと同時に、ひどく子供扱いされているような気分にもなって良し悪しだ。特にこんな、ちょっとだけ島津に対して意地悪な気持ちになっている時には。

男はなぜ浮気ばかりするのだろう。

自分とのことだって浮気なのだから考えたって仕方ないのだが、それにしても、男っておかしな生き物だ。

少し前に、妻子のある男優と不倫騒動を起こした若い女優が、浮気されるのは妻の責任、などと知ったような口を叩いていたのをワイドショーで見た記憶があるが、あの女優はほんとに男を知らないなと思う。男とセックスした回数がいくら多くたって、あんなことを真顔で言うようでは遊ばれて捨てられるのがオチだろう。

妻がどれほどの美女であり、どれほどの人格者であろうとも、どれほど完璧に家事をこなし、そしてどれほど従順であったとしても、男は浮気をするのである。

ミル子はそのことをよく理解している。だが、許すかどうかは問題が別だ。

まず、あの女が誰なのか確かめなければ、その上で対策を練る。他の顔ならいざ知らず、よりにもよってあたしと同じ顔だなんて、どんな手を使ってでもあの女とは別れさせてやるんだ、あの、パープルピンクの口紅を塗った女とは！

＊

「ロスのディズニーランドですか」

私立探偵の町田《まちだ》は、眼鏡の端をちょっと持ち上げた。

「もし日本での調査で該当する女性が見つからなかった場合、ロスまで出張するとなると経費がかなりかかりますが、どうしますか？」

「その時はお金、払います」

「わかりました。では、とりあえず一週間で契約いたしましょう」

ミル子は頷いて、契約書にサインした。

探偵に浮気相手を突き止めさせるなんて、あたしったら、女房気取りだね。

ミル子は自分で自分のことを笑いながら探偵事務所を出た。

調査結果はすぐに出た。

三日後にミル子は町田から電話を貰い、町田の事務所に再び出掛けた。

町田から受け取った報告書を一目見るなり、ミル子は驚いて口をあんぐりと開け、それから大笑いした。

「こ、ここ、これって本当なんですか？」

「間違いありません」

町田はこんな展開になることに慣れているのか、にこりともしない。

「あなたとお顔が似ていらっしゃる二十代の女性で、島津さんの関係者と言えば、まず、その方ということになります。どうですか？　その写真を見て、ロスのディズニーランドで一緒に写真に収まったとされる女性だと確認出来ますか？」

間違いはなかった。唇には、あの時の写真に写っていたのと同じ、紫がかったピンクの口紅がちゃんと塗られている。

ミル子はもう一度笑ってから、はぁ、と息を吐いた。

完全に拍子抜け。せっかく、久しぶりに男のことで他の女に闘志を燃やしたのに……まさか、あの、あたしにそっくりな女が、島津の娘だったとは。

自分のマンションに戻ってからも、ミル子はぼんやりと考え込んでいた。

島津は確かに、浮気をしていたわけではない。だが、娘とそっくりな女を愛人にするだなんて、普通の感覚なんだろうか？　何かヘンじゃない？

ミル子は自分が楽天的な性格だということは自覚していた。だから、くよくよ思い悩むつもりは最初からない。がそれでも、何か釈然としないものを感じてしまう。

自分の娘と同じ年頃、場合によっては自分の娘よりも若い女を愛人にする男というのは大勢いる。

しかし、娘のことなど考えたらそんな若い女を抱くことなど出来ないのが当たり前の感性じゃないだろうか。援助交際を楽しんで札ビラで中学生のからだを貪《むさぼ》るような恥知らずな男でも、自分の娘が中年男と寝ていたとわかって平然としていられる人間はいないだろう。

それが、娘とそっくりの女を愛人に出来るなんて……いったいどんな感覚?

もしかしたら……

ミル子はぶるっと身震いした。まさか、島津が近親相姦願望を持っているだなんてことは、いくら何でもね……

つらつらと考えている内に出勤時間になった。

今日は同伴の約束が入っているので、九時頃までに客と一緒に店に着けばいいのだが、その前の食事の約束が六時半、しかも同伴の時は必ず美容院に寄ってから出勤、というのがママの決めたルールだったので、いつもより早く家を出なければならない。

本当は、銀座の女は毎日美容院に行くものなのよ。日髪を結う女、ってそういう意味よ、とママは顔をしかめて女の子に文句を言うのだが、ＯＬの通勤スーツに毛の生えた程度の最近の若いバイトの子の服装では、美容院出たてばりばりの頭はかえってアンバランスだったりするし、第一、毎日美容院でセット出来るほどのバイト料も払っていないのだから仕方がない。

それでもチーママのミル子だけは、ママの決めた通りに可能な限り美容院には寄ることにしていたし、同伴出勤の夜はそれなりに気合いを入れてメイクもした。

だからって、客の財布の紐がゆるくなる見込みは薄いのだが。

行きつけの美容院には、ちょっといいな、と思っている男の子がいる。まだ見習いでシャンプー専門なのだが、憧れのディカプリオに少しだけ似た顔立ちで、とっても足が長くて、そしてお尻がつんとして可愛いのだ。年齢は二十歳くらいだろうか。名前は河合《かわい》くん。シャンプーの腕はまだもうひとつといったところだったけれど、ミル子が河合くんを気に入っていると知っている担当の美容師は、ミル子のシャンプーをいつも河合くんにやらせてくれた。

「枝毛、増えてるでしょ」

ミル子は、顔の上にタオルを載せられた状態で河合くんと会話するのが好きだった。

「そうですね、ミル子さん、海に行きました？」

「先週、お客さんに誘われて葉山に遊びに行ったわ」

「だと思った。潮風にあたって、だいぶ傷んでますよ。今度時間のある時トリートメントした方がいいです」

「ありがと、そうする。河合くんも海好き？」

「好きなんですけど」

河合くんは何だか恥ずかしそうに笑った。

「僕、泳げないんですよ。カナヅチなんです」

「うっそー！」

ミル子は思わず大きな声で言ってしまった。今時の子供は小学生の時にスイミングスクールに行くのが普通だと聞いたことがあるので、若い男の子がカナヅチというのがどうにも信じられなかったのだ。

「遺伝だと思うんです」

「カナヅチって遺伝なんかするのぉ？」

「だって母も泳げないんですよ」

「それって、お母さんが泳ぐの嫌いだから河合くんに泳がせないまま育てちゃって、だから河合くんが泳げないって、それだけのことなんじゃない？」

「そうかなぁ。でも僕って、顔も母に似てるんです。みんなに言われます」

「へぇ。河合くんのお母さんってきっと美人なんだね」

ミル子は河合くんの可愛い顔を閉じた瞼《まぶた》の裏側に思い浮かべ、それを女にして老けさせた顔を無理に作って、河合くんの母親を想像しようとした。

「あっ！　……イタッ」

「わっ、ミル子さん！　大丈夫ですか！」

いきなりミル子がタオルをはねのけて起き上がったので、河合くんの腕にミル子の額がぶつかり、シャワーのノズルが跳ねてお湯がミル子の顔にまともにかかった。

「ご、ごめんなさい」

河合くんが焦って乾いたタオルをミル子の顔の上に落とし、濡れた顔を拭《ふ》き取ろうとする。

「だめっ、拭かないでっ」

「でも……」

「化粧が剝《は》げる！　せっかく時間かけて作った顔なのよ、このままドライヤーで乾かしてちょうだい」

河合くんにぬるめのドライヤーを顔にあてて貰っている間、ミル子は、謎が解けたことに興奮し、新たに内心に湧き起こった闘志を感じていた。

単純な話なのだ。島津は娘にそっくりな女を愛人にしたわけではない。娘の母親に似た女を愛人にしただけなのだ。つまり、島津の、古い方の奥さん。

島津は再婚だった。その話は以前にちらっと聞いたことがある。

はっきりと島津が言ったわけではないが、女子大生という娘の年齢と、まだ四十五だとか聞いた憶えのある島津の今の妻の歳とを考え合わせた時、あの、パープルピンクの口紅の娘は前妻の子である可能性がかなり高いだろう。

島津の前妻が生きてるのか死んだのかは知らないが、ともかく、島津はその前妻に似ていたから、ミル子を愛人にしたのだ。きっとそうだ！

しかしこれって、かなり腹が立つことじゃない？　これで、どちらがレプリカなのかははっきりしてしまったのだ。

島津にとって、今のナンバーワンが奥さんだとしたら、ナンバーツーはあたしじゃなくて、忘れられない元の妻。あたしは三番目の女だった。

どんな女だったんだろう、島津の前妻。

これまで一度も興味をおぼえたことのないその、幻の女の顔が、ミル子の脳裏にちらつき出した。

3

「そういうことは、気にしたら駄目だって前に言ったでしょ」

ママは横目でミル子を見ると、唇を尖《とが》らせた。

「ミル子ちゃんもプロなら、相手の家庭を壊すような真似、しないでちょうだいね。そういうことする女の子は雇わないのが、あたしの最後の意地なんだから」

「最後って？」

「いろいろ他にも意地はあったってことよ」

　ママは、大袈裟《おおげさ》に溜息を吐いた。

「でもこの不景気じゃあねぇ、意地も通らなくなっちゃうわよ。女子大生のバイトなんて、絶対おきたくなかったんだけどさ」

「今のお客さんはシロウトの方がいいのよ。水割りの作り方も知らないくらいじゃないと、初々しいって思ってくれないんだもの……お兄さん、ウニと大トロね」

「ミル子ちゃん、コレステロール溜まるわよ」

「ほっといて。ストレスを溜め込むよりはましだわよ」

　ミル子はグラスの冷酒をぐっとあおった。

「だけどさ、その娘さんと島津さんの前の奥さんが似てるってのはミル子ちゃんの想像でしょ、あくまで」

　ママは煙草の煙りをプカァ、と吐き出しながら言った。

「ミル子ちゃんを前の奥さんの身代わりにしてるっていう結論に飛びつくには、まだ早いんじゃない？」

「じゃ、娘さんの代わりにしてるってわけ？　いやよ、ママ、そっちの方がよっぽど変態じゃないのお」

「そりゃそうだけど……お兄さん、あたし赤貝とアワビ」

「貝ばかり食べると不感症になるんですってよ」

「誰よ、そんなこと言ったひと」

「伊藤《いとう》さん」

「あの産婦人科の？」

ママは大笑いした。

「ミル子ちゃんたら、あのひとはいつもそんなことばっかり言って、女の子に特ネタ頼ませないようにしてるのよぉ」

「ほんと？」

「ほんと、ほんと。お医者ってのはけっこう、ケチが多いから気をつけないとね。お役人とお医者の愛人やってもろくなことにならないってのが、この業界の常識。まあそれはいいけど、ともかくね、前の奥さんだの今の奥さんだの、そんなもの気にするのは銀座の女の生き様じゃないわ。もう忘れなさい、ミル子ちゃん。島津さんみたいないいひとってそうそういないのよ、誰かの身代わりにされてたとしたって、別にいいじゃないの」

「そうだけど」

ミル子は、ウニの軍艦巻を一口で頬ばると、嚙みながら小さく溜息を吐いた。

「レプリカにされてるってわかっちゃうと、何だか淋しいんだもん……元がどんな女なのか知りたいって、どうしても思うじゃない」

「だから、それを考えないで我慢出来るのが銀座の女なのよ。世間がいくら不倫ブームとか言ったってね、いずれシロウトの女は、自分が二番手でいるってことに我慢出来なくなって一番手になろうとするもの。あたしたちはそれが我慢出来るからこそ、銀座ってブランドしょって生きられるんじゃないの。ミル子ちゃんもこの世界で生きて行くつもりならさ、そのあたり、覚悟は決めないと駄目よ。結婚を考えるならやもめを狙いなさい。よそ様のものを横取りしようなんて考えないで」

「横取りするつもりなんてないわよ……島津さんの奥さんになりたいなんて思ってない。ただ……」

ただ、何なのだろう？

誰かの身代わりで抱かれていることがこんなにわびしい、心許《こころもと》ないものだなんて知らなかったのだ。

そう……これまでは、島津に妻がいても自分を身代わりだと思ったことはない。島津が愛している順番から言えば二番手どころか、ずーっと下なのかも知れないが、それでも、島津はあたしを、あたし自身を気に入ってくれているのだと信じていた。誰かの身代わりではなく、他の女と違うものだから好きだと言ってくれるのだと。

恋愛って、そういうものじゃないの？　その人が他の人と違っているから、違って見えるから、他の人よりも好きになる。

それが恋じゃなかったの？

やっぱり、許せない。

ミル子は決心した。島津の前妻がどんな女だったのか、調べてやる。


「へっぽこ探偵！」

ミル子は、調査報告書を睨《にら》んで悪態をついた。

『島津啓介氏の最初の結婚についてご報告いたします。島津氏は一九七三年六月に萌子《もえこ》夫人と結婚、一九七九年長女桃実《ももみ》さんが誕生しましたが、一九九〇年、萌子夫人は劇症肝炎による心不全で逝去されました。享年三十九歳でした。ご依頼のありました萌子夫人の写真については、萌子夫人の生家が七年前に火災により消失。そちらからの入手は困難になっており、また、島津氏が所有していると思われる写真については、現時点で入手出来ておりません』

現時点で入手出来ておりません、って、もう一週間経つのよ！　島津の自宅に押し入って写真の一枚や二枚さっさと盗んで来られなくて、何が私立探偵よ！　やっぱり、他人に任せてたら埒《らち》があかないな。

ミル子は決意を固めて、拳を握り締めた。

どんな嘘をつこうか。ミル子は丸一日、そのことばかり考えて過ごした。出勤時間になってもまだ、頭の中はそのことで一杯だった。接客が上の空になってママに手の甲を抓《つね》られたが、それでも考えることを止《や》められなかった。こんなに一所懸命ひとつのことを考えたのは、高校入試の時以来かも知れない。

遂に、ミル子は名案を思いついた。

その日。起床は午前七時。いつものミル子の生活からすれば、まだ真夜中である。ミル子は、ベッドから出たがらずにぐずる体を無理に起こし、濃いめのコーヒーをがぶ飲みして何とか人心地つくと、ワードローブを引っかき回して出来るだけ地味に見える服を選んだ。化粧も極力地味に、口紅も諦めてリップクリームだけを塗る。

その格好で外に出ると、自分が自分でないようで妙に落ち着かない。

島津の自宅の住所はわかっていた。目黒区のなかなか高級な住宅地に、住込みの家政婦ひとりと娘、それに数年前に再婚した妻と暮らしている。そして今日は、島津が九州の学会に出掛けて留守だということも調べてあった。短大生の娘は意外と真面目に大学に通っているようで、八時には家を出る。そして島津の新しい妻は、毎朝九時半には近くのテニスクラブに出掛けて、午前中いっぱい汗を流すのが日課だと、あのへっぽこ探偵に調べて貰ってある。

十時少し前に島津の家に到着。この時間、家にいるのは家政婦だけだ。呼び鈴を鳴らすと、予想通りに初老の家政婦らしい女性が顔を出した。

「どちら様でしょうか」

家政婦に問われて、ミル子はドキドキと音をたてる心臓を必死に押さえつけた。

「わ、わたし……酒井真理子と申します」

昔の知り合いの名前を勝手に使わせて貰う。

「はあ」

家政婦は、穴があくほどミル子を見つめている。やはり、この家の娘と似ていることが気になるのだろう。

「で、どんなご用件でしょうね」

「あの、実は……わたくしの母が、こちらの奥様の萌子様と従姉妹《いとこ》同士だったそうなのですが」

「萌子様？」

家政婦は怪訝《けげん》な顔になった。

「奥様のお名前は幸恵《さちえ》さんですよ」

「あ、いえ、その……亡くなられた奥様です。桃実さんのお母さまの」

「桃実さんの……ああ、はい、前の奥様ですか。申し訳ないんですけどね、あたしは今の奥様が来られてからここに雇われたものだから、何も知らないんですよ。それに今、皆さんお留守ですしね」

「お留守……そうですか」

「ご用件は何なんです？」

「実は、わたくしの母が今、危篤状態でして」

「あらまあ、ご病気？」

ミル子は精いっぱい沈痛な顔になって見せた。

「胃癌《いがん》なんです。末期でして」

「そりゃお気の毒にねぇ」

「それで、母が譫言《うわごと》のように、萌子さんと一緒に出掛けた旅行が楽しかったことを繰り返し言っていまして、萌子さんの写真が見たいと。ところが、母の実家は数年前に火事を出したものですから、昔の写真が一枚も残っていないんです。それで、萌子さんのご実家にも連絡してみたんですが、あちらも火事を出されたとかで写真は残っていないと言われてしまったものですから……」

「おやまあまあ、運が悪いこと。それでここにいらしたわけですか。でもねぇ、前の奥様の写真なんかどこにあるんだか、あたしも知らないんですよ。今の奥様の目に触れるとこに置いてあるとは思えないし」

「そうですよね」

ミル子は下を向き、唾を目尻に素早くつけて鼻をすり上げた。

「……わかりました。どうもお邪魔いたしました。ではこれで……」

「あ、ちょっと」

家政婦が呼び止める。ミル子は内心、ヤッタ、とほくそ笑んだ。

「もしかしたらね、納戸にあるかも知れませんよ。暮れに片付けた時、アルバムが何冊か箱に入ってるのを見た覚えあるから」

「あのでも、お留守にそんな……」

「構わないでしょうよ、写真を見るくらい。ただ持って行かれるとちょっと困るんで、もしあったら一時間ほどお貸ししますから、駅の近くのコンビニでカラーコピーして返して貰えます？」

「あ、ありがとうございます！」

ミル子は泣き声を作りながら何度も頭を下げ、家政婦に案内されて家の中に入ると、半地下になっている納戸へと向かった。

アルバムの入っている箱はすぐに見つかった。が、大抵は島津自身の若い頃の写真で、萌子と結婚した頃と思われるものもあるのだが、今の妻への遠慮なのか、意識的に萌子の写真ははがされているようだ。埃《ほこり》まみれになりながら一番底の数冊を開いて、ようやく赤ん坊の桃実の写真が現れた。だが、いくら探しても、ミル子の求める萌子の顔はない。しかもおかしなことに、見知らぬ女性が桃実を抱いてあやしている写真がたくさんあるのだ。

この女は、誰？

「どれでもお持ち下さいよ、すぐ返していただければいいですから」

家政婦がのんびりした口調で言った。

「前の奥様って、なかなか綺麗な人だったのねぇ」

ミル子はもう一度写真を見た。そして、悟った。

それが萌子なのだ。

ミル子とは、まったく似ていない、その女が。

ミル子は狼狽《ろうばい》した。あたしが萌子のレプリカじゃないとすれば、やっぱり桃実の身代わりなの……？

「だけど、不思議なこともあるものよね」

家政婦が独り言のように言った。

「おたくさんの顔を見た瞬間、おたくさんは旦那様の実家の方のご親戚に違いないと思ったんだけど、前の奥様の方だったとはねぇ。他人の空似ってことかしらね」

「あの」ミル子は家政婦を見つめた。「それはいったい、どういう……」

「おたくさん、大奥様の若い頃にそっくりなんですよ」

「大……奥様？」

「旦那様のお母さん。絵があるんですよ、何とかいう有名な画家が描いた肖像画で、この家のお宝らしいわよ。そのモデルになった亡くなられた大奥様の若い頃に、とってもよく似てらっしゃるから」

ミル子は驚いて、瞬《まばた》きを繰り返した。

あたしが似ていたのは……島津の……母親……

それなら辻褄《つじつま》は合う。桃実が祖母に似ていたとしても何の不思議もない……

ミル子は、やっと真相を探り当てた。そして笑い出しそうになった。

何のことはない。島津はただの、マザコンだったのだ。


で、結局。

島津との関係は、以前と変わらずに続いている。結婚相手として考えるのでなければ、マザコンは特に大きな傷ではないし、男なんて所詮、多かれ少なかれマザコンなのよね。ただ不思議なことがひとつある。島津はどうやら、死んだ自分の母親の若い時の顔とミル子の顔がそっくりだという事実に、自分では気づいていないみたいなのだ。何度かミル子は巧みにカマをかけて島津から母親のことについて聞き出してみようとしたのだが、島津はとぼけているわけではなく、本当に、母親についてろくに考えてみたことはないようだった。

誰でも人はきっと、誰かに似ているものなのだろう。この世で唯一無二の顔なんて、本当は存在していないのだ。そしてすべての男はたぶん、無意識に母親に似た女を探しているのだろうし、すべての女はまた無意識に、父親に似た男を求めているのかも知れない。ただそのことに気づいていないだけなのだ。

ミル子は、ドレッサーの引き出しから、亡き父親の写真を引っ張り出してみた。

やっぱり、島津に似ている。

そんな気が、ちらっとした。

だけどまあ、そんなことはどうでもいいことだ。

ただ、きっと潮時なんだろうな、と、ミル子は思った。

あたしもそろそろ、父親じゃなくて、恋人が欲しいもの、ね。

切り取られた笑顔

1

奈美《なみ》は自分をごく平凡な主婦だと思っている。

平凡とはどういうことなのか、どの程度に対して「ごく」なのか、そして主婦とは何なのかについて深く考えてみたことなどはないけれど、「ごく平凡な主婦」という表現に違和感はまったく覚えなかった。

短大を出て四年間ＯＬをした。旅行社のカウンターに座って、新婚旅行の相談などを受ける仕事だった。もともと、社交的で友人も多かった奈美には、そうした仕事は向いていた。四年間は楽しく、瞬《また》く間だった。先輩から資格をとってツアーコンダクターになってみないかとも誘われた。奈美自身、そうしたステップアップには強い魅力を感じたこともあった。

だが二十三歳の春、ひとつ年下の大卒の新入社員・高村孝史《たかむらたかし》と出逢ってしまった奈美は、自分自身のステップアップよりは孝史の気をひき、孝史に気に入られることを第一に考えるようになった。率直に、孝史が欲しかった。恋人としても、そして結婚相手としても。

そうした打算については今でも恥じてはいない。孝史の実家は資産家で、しかも孝史は三男坊。そこそこにハンサムでそこそこに身長もある。そして笑顔がとても心地よい。それだけ揃っていて、何も感じない女はどこかおかしいと思う。だから奈美は、積極的に孝史を誘い、恋人になり、そして婚約した。結婚に際して孝史が奈美につけた注文はひとつだけ。専業主婦になること。無論、奈美は即座に承知した。自分で選んだこの人生がどこか間違っていたなどとは微塵《みじん》も思わなかった。実際、孝史は優しい夫なのだ。そして自分を愛してくれている。

この生活は、幸福だ。

奈美は一日に何度か、そう呟《つぶや》くことがあった。例えば洗濯物を干している時、鍋のシチューをかきまぜている時、そして風呂桶の内側をブラシで擦《こす》っている時。

あたしは幸せよ。

一度呟くと、その言葉は口から外に出て空気を伝わり、奈美の耳に戻って来る。奈美はその都度、確認する。

あたしは幸せ？

ええ、幸せよ。当たり前じゃないの。

乾いた洗濯物を畳みながら、また口に出す。

本当に幸せ？

決まってるじゃないの。幸せよ。

幸せよ。幸せよ。幸せなんだってば！

一日、一週間、ひと月、そして一年。

やがて時と共に少しずつ、奈美は気づき始めた。

自分がその「絵に描いたように幸せな結婚生活」に、小さな不満を抱いていることに。

誰が悪いわけでもなかった。何かはっきりとした原因があったわけでもない。だがその豆粒ほどの不満は、着実に育ち始めた。

ある日、きっかけは訪れた。

かつて同じ短大で学んだ同窓生の須崎亜佐子《すざきあさこ》が、奈美が住む新興住宅地のそばの駅前に出来たマンションに越して来たのだ。亜佐子はまだ独身だった。だが、会社を辞めて今は退職金で充電中だと言う。

亜佐子からの電話で呼び出された奈美は、久しぶりに着飾って駅前に急いだ。

待ち合わせたファミリーレストランの窓際の席で、亜佐子は嬉しそうに手を振っていた。

「久しぶりぃ」亜佐子の口調は昔と変わらない。「ナミナミ、すっかり若妻だね、もう」

奈美はその言葉に少し傷ついた。自分ではせいいっぱいめかし込み、鏡の前で何度も何度も点検してから出て来たと言っても、家庭に入って専業主婦となって三年。目の前にいる亜佐子の垢抜《あかぬ》けた装いや髪型と比べてみれば、自分のセンスがもはやすっかり糠味噌《ぬかみそ》臭くなっていることは明白だった。

少なくとも、学生時代に容姿や洋服のセンスで亜佐子に負けているなどと思ったことは一度もなかったのに。

「でも驚いた」奈美はそれでも無理にとびきりの笑顔を作って、亜佐子の前に座った。「会社辞めちゃったの？」

「うん。ちょっといろいろあってさ、なんかOLやってるのにも飽きたなって。あたしももう二十七でしょ、人生考え直すとしたら、今かなぁってね」

「でも大胆だよね、アッコ。せっかく商社なんかに勤めてたのに、あっさり辞めちゃうなんて。もったいない気もするけど」

「そう？」亜佐子は笑顔のまま肩をすくめた。

「でも人生を無駄にしたらもっともったいないでしょ」

世間で名の通った会社で働くことが「人生の無駄」だと言い切る亜佐子に、奈美は密かな同情をおぼえた。多分、亜佐子はOL生活に嫌気がさしているのだ。

そう思うと奈美の気持ちは少し軽くなった。少なくとも、必要以上に亜佐子に引け目を感じることはない。お互い、不幸ではないにしても幸せではちきれそう、というわけではない同士、気晴らしにこうやってランチを共にするのは悪くないかもしれない。

「だけどアッコ、どうしてこっちのほうなんかに越して来たの？　結構離れてるでしょ、都心からは」

「上野から一時間だもの、悪くないわよ。何しろ家賃が安いでしょう。魅力だよね」

亜佐子は、メニューを眺めたままの視線で、また小さく肩をすくめた。

「なんかさ、気持ち変えたいなって思ったら引っ越しがいちばんなのよ。知らない街で暮らすだけで、新しい自分になれそうな気がするんだよね」

奈美は思わず優しく言った。

「あたしは嬉しい。偶然でも、アッコが近くに越して来てくれて。ね、あたしのとこに遊びに来てよ。どうせあたし、昼間は何もしてないから」

「ご主人、帰りが遅いの？」

「出張ばかりなのよ。ほら、主人、ツアコンやってるから」

「そっか、ナミナミのご亭主、旅行社勤務だったね。でもすごくステキな人だよね」

「アッコ、会ったことあったっけ？」

「式も披露宴も出たじゃない、あたし。憶《おぼ》えてないかなぁ、ナミナミ。あたし、教会の前でナミナミが投げたブーケ、ちゃんと受け止めたんだよ」

「そうだっけ……あれ、アッコがキャッチしたの」

奈美は三年前に自分が胸に抱いていた鉄砲百合の白い花束を思い出した。披露宴では豪華にカサブランカを選んだが、式の時にはどうせ友達に投げてしまうのだからと安価な鉄砲百合にしたことまでついでに思い出して、奈美は心の中でクスリと笑った。

「でもアテにならないよね、花嫁のブーケなんて。あの時式に出てた同窓生でさ、結局あたし、いちばん行き遅れてるもん」

亜佐子は一瞬だけ、奈美がドキリとしたほど淋しげな顔になった。亜佐子が会社を辞めた原因が恋愛問題にあるのかもしれないと、奈美は漠然と感じた。

それでも、続く会話はそれなりに楽しかった。話題は学生時代の思い出に終始していたが、奈美にとってあの頃の日々を思い出すのはもう何年もなかったことだった。

可もなく不可もないファミリーレストランのランチメニューでも、毎日冷蔵庫の残り物を適当に温めて食べていただけの最近の奈美の昼御飯と比べたら、とても贅沢で華やかな味がする。勤めていた頃は雑誌のランチ特集に欠かさず目を通し、ワインのラベルが読めるようになりたいと本まで買い込んでいた自分が懐かしく思い出される。

勿論、夫の給料は悪くない。家計用にと毎月渡される予算の中でも、たまにランチを外で食べるくらいのゆとりは充分にあった。だが、一緒に食べに行ってくれる相手がいなくては、ひとりで外食などしても少しも楽しくはない。

そのことを口にすると、亜佐子は意外だという顔になった。

「でもナミナミの家って住宅地にあるんでしょ。ああした新興住宅地なら、昼間暇になる専業主婦って、結構いるんじゃないの？」

「みんな、子供がいるのよ」

奈美はフォークを置いて溜息を漏らした。

「子供がいれば、幼稚園だ公園だって集まるところがあるから友達も出来るんだろうけど……近所にはマンションはなくて一戸建てばかりだから、新婚さんってほとんどいないし、転入して来る人もそんなに多くないし」

「友達、出来ないわけか」

亜佐子の一言が、奈美の心に刺さった。

そうだ……アッコの言うとおりだ。あたしには友達がいない。

「思わぬ落とし穴、ってわけね」亜佐子は呟いた。

「落とし穴……？」

「あ、ごめん。そんな深い意味じゃない。ただささ、ナミナミ、昔から友達多いタイプだったじゃない。社交的って言うか、社交好きって言うか。だから今みたいに遊んでくれる友達がいない状況って、結構辛いのかな、なんて思ったのよ……正直言うとさ、ナミナミの結婚って、あたし達同窓生仲間では嫉妬の対象だったし」

「嫉妬の……？」

「うん。だってあんなハンサムでしかも資産家の三男なんて、探したってなかなかいないでしょ。その上、新婚で住んだのが新築の一戸建て、注文建築でシステムキッチン付き、と来たら」

「土地が安いのよ、田舎だから。だから家のほうにお金がかけられただけよ」

「それにしたって贅沢よ」

奈美はようやく、結婚してから昔の友達がほとんど連絡をくれなくなった理由がわかった気がした。

「まあ、女も三十が近づくと、いろんなこと考えるってこと。気にしないで、ナミナミ」

嫉妬されていたというのは、悪い気分ではなかった。それだけ自分の結婚が、他人の目から見ても羨《うらや》むようなものだったということだろう……だが、その代償として自分がひとりぼっちになったのだということに、奈美は今初めて気づいていた。

食事の後、奈美は亜佐子を自分の家へと誘った。駅前から奈美の家へ行くには、バスで二十分ほどかかる。国道沿いのバス停で時刻表を眺めていると、亜佐子が不意に指さした。

「あれ！　あんなものが出来たのね、この辺にも」

亜佐子の指先の向こうに、『インターネットカフェ・ミントルーム』と書かれた看板があった。

「インターネットカフェ？」

「ナミナミ、知らない？　コーヒーとか飲みながらインターネットでネットサーフィンが出来るのよ」

「ネットサーフィンって、なに？」

「うーん」亜佐子は小首を傾《かし》げていたが、奈美の腕を摑《つか》んで歩き出した。「説明するより、やってみるほうが早いよ。結構面白いのよ。あたしも最近、ハマッてるんだ」

　ミントルームは外観からして普通の喫茶店とは違っていた。家を建てる前によく見学に行った、システムキッチンのショールームと少し似ている。開放的に広くとられた店内には、普通の喫茶店のようなソファはなく、外国製らしい斬新なデザインの椅子とテーブル、その隣りに唐突にパソコンのディスプレイが点々と並んでいる。

　空いている席に座ると、ウエイトレスではなく、Ｙシャツ姿の青年が寄って来た。

「操作はわかりますか？」青年は営業用の爽《さわ》やかな笑顔で言った。

「おわかりにならなければ、僕がお教えしますけど」

「あ、友達に教えてもら……」言いかけたところで亜佐子が軽く奈美の足先を蹴った。

「あたし達、インターネットって何もわからなくて。教えて貰えます？」

「いいですよ」青年は奈美と亜佐子の間に慣れた様子で座った。

「すみません、システムですので、飲み物をご注文いただきますが」

アイスティーを注文すると、青年はパソコンの上に指を置いた。

「難しいことは今は何も気にしないでください。ここではインターネットの楽しさをわかっていただくことを第一に、設定などはすべてこちらにお任せいただいています。まず、このスタートと書いてある四角い部分、ここを、このマウスでクリックします。あ、クリックというのは……」

「それは、わかります」奈美は思わず言ってしまって下を向いた。

「あの、勤めていたところでもパソコンは少し使ったことがあるものですから」

「そうですか」青年はまた、完璧な笑顔で言った。「それは失礼しました。それでしたらすぐ、慣れていただけますね。で、ここをクリックすると、当店のホームページが現れます。ここがスタートページになります。このパソコンはずっとインターネットに繋《つな》がったままの状態ですから、何も気にせずにこのページから好きなページへとサーフィンを楽しんでいただけます。ネットサーフィンというのはつまり、このWebページと呼ばれる無数のホームページを、波乗りするように渡り歩いて楽しむ、ということなんです。どんな分野のページを楽しみたいかによって、ここにリンク集があります。えっと、まずどんなことに興味がおありですか」

「映画なんか」亜佐子が言った。「洋画の情報なんてあります?」

「もちろん」青年は、奈美達にわかり易いようにゆっくりとマウスを動かした。「この、洋画、というタイトルをクリックします。すると、当店がお勧めする洋画関連のページのリンク集になります。ページのタイトルを見て、面白そうだな、と思ったタイトルをクリックすれば……」画面が変わり、そこにオードリー・ヘップバーンの美しい顔が現れた。「ね。これはオードリーに関するページですよ。ここを見飽きたら、この、戻る、というところをクリックして行けば、前に見たところに戻れます。途中で迷子になったら、このホーム、というところをクリックしてください。当店のページに戻れます。当店のお勧めだけでは満足出来なければ、この下にあるのが検索エンジンです。検索エンジンの使い方は、また後でお教えします。ともかくどうですか、まずご自分でやってみてください」

青年が立ち上がり、代わりに奈美を座らせた。奈美はマウスを手にした。

オードリー・ヘップバーンに関する記事に特に興味があったわけではないが、美しい写真と共に雑誌でも読むように気軽にインターネットを覗《のぞ》いているという感覚は、とても楽しかった。

横で眺めていた亜佐子も、自分の前のパソコンをいじり出した。インストラクターの青年が亜佐子の後ろに移動する。亜佐子はまったくの初心者のような顔をして青年の指導を楽しんでいる。そんな亜佐子の余裕を横目に、奈美はいつの間にか夢中でマウスをクリックしていた。

そのパソコンの画面の向こう側には、奈美の知らなかった世界が確かにあった。初めはプロが作ったらしい完璧に整理されたページを楽しんでいた奈美は、やがて、リンクの糸に操られて、一般の人達が思い思いの情報を載せている個人のホームページにたどり着いた。

奈美は衝撃を受けた。

あるページでは、自分が毎朝作る幼稚園の子供のための弁当を写真に撮り、作り方や苦労話などが短いコメントになっている。そのページを作った女性は、自己紹介で、自分を専業主婦だと語っている。年齢も奈美と一緒だ。別のページでは、幼い子供のいる主婦二人が、読書感想文をぎっしりと載せたページを作っている。そしてまた、奈美より二歳若い商社に勤めるOLは、自分の顔写真と日記や趣味、といった普通なら世間に堂々と知らせるほどのものでもないごく私的な情報を、まるで芸能人の広報ページか何かのように誇らしげに展開していた。

インターネット、インターネットと言葉だけはしょっちゅう耳にしていたが、まさか、こんなことの許される世界だとは想像もしてみなかった。何の資格もなく特殊性もない一介の主婦やOLが、役に立つのか立たないのかわからないような私的情報を好き勝手に流すことの出来る世界。そしてそんな情報に対して寄せられている、信じられないほど多くの「反応」。

「あの……」奈美は思わず、画面から顔を離して隣りにいる青年に声をかけた。

「あ、何かわかりませんか？」青年は即座に奈美の横に来た。奈美は小さな声で恐る恐る言った。

「あの、あの……例えばあたしでも、こんなページって作れるものなんでしょうか」

青年の顔が笑みで弾けた。

「もちろんですとも」青年は力強く言って、どこから取り出したのか数枚のパンフレットを奈美の前に置いた。「当店では、自分でホームページを作ってみたい方のための講座も開設しています。またこれを機会にご自宅にパソコンを持ちたい方のための、購入やセッティング全般のご相談も承っております。ぜひトライしてみることをお勧めしますよ、ご予算は例えばですね……」

亜佐子が青年の背中越しに奈美の顔を見て、小さく顔を横に振った。

2

「高いわよ」奈美の家のリビングで、青年から貰ったパンフレットを眺めながら亜佐子はまた頭を振った。「高い。秋葉原に行って一式揃えたらこの半額で済むわよ。あのお店、カフェのほうは宣伝のためで、こっちが本業ね」

「でもセッティングとか講師料とか込みでしょう？　あたし、自分でパソコンをちゃんと設定してあんなページ作る自信ないもの」

「ナミナミ、ああいうのやってみたいの？」

奈美は紅茶を啜《すす》りながら頷《うなず》いた。

「あれなら誰にも迷惑かけないで、外出もしないで出来るでしょう？　あたし……アッコはもう気がついてると思うけど、この生活にちょっとうんざりと言うか……とても退屈してるのよ。何不自由ない生活なのに贅沢だってことはわかってる。けど、それでもね、今のままだといつか、爆発してしまいそうな予感がするの」

「爆発って……」

「だって……ほんとにあたし、何も建設的なことってしていないんだもの。家事なんて、一所懸命すればするほど虚しいのよ。だっていくらやったところで、後に何か残るわけじゃないでしょう？　どんなに家の中を綺麗にしたって時間が経てばまた汚れるし、どんなにおいしい夕飯を作ったって、食べてくれるのは主人だけ。何でもいいの、ほんと、何でもいいからね、何か、形になって残って、そしていろんな人から反応が貰えるようなこと、してみたいの」

亜佐子は暫《しばら》く奈美の顔を見ていたが、やがてフン、と苦笑いした。

「まあさ、わからなくもないけどね。でも、こーんな広くて素敵な家に住んで、あーんなハンサムで優しそうな旦那を持ってる女がそういうこと言うと、カチンと来る女は多いと思うよ」

「ごめんなさい」

「あたしに謝らないでいいわよ。ナミナミが正直な気持ち話してくれてるのはわかるもの。周囲からは贅沢って思えたって、結婚の真実なんかしてみないとわからないもんなんだろうし。ま、それならさ、あたし、コーチしてあげようか、インターネット」

「ほんと？　いいの？」

「いいわよ、どうせ今はプーなんだし。このパンフに書いてあるようなお金払う気があるなら、パソコンと接続環境一式揃えてホームページ作るソフトも買って、ついでに二人で何回か豪勢なランチ、出来るわよ。そうだ。ナミナミって人好きのする顔してるし、写真もちゃんと入れなくちゃね」

「写真？　そんなことまで素人で出来るの？」

「簡単よ。ほら、駅前にあるプリントショップで写真のスキャンしてくれるから……あ、これなんかいい！」

亜佐子はリビングボードの上に飾ってあった、奈美と孝史が二人で写っている新婚旅行先でのスナップを取り上げた。それは確かに、自分が持っている写真の中でもいちばんのお気に入りだった。普段はほとんど着ない真っ赤なゴルフシャツを着てそこに写っている奈美の姿は、自分でも、なかなかフォトジェニックだと思っている。

「これをトップページにどーんと載せたら、人気出ると思うなー。あ、なんかあたし、やる気になって来た！　こうなったらナミナミを、インターネットの有名奥様にしちゃおう！」

亜佐子はいたずらを思いついた子供のような目で奈美を見ながら、嬉しそうに笑った。

＊　＊　＊

奈美の上達は早かった。時間はたっぷりあったし、結婚前の貯金はほとんど手つかずで残っていたから、パソコン関係を揃えるのにも何ら問題はなかった。亜佐子は週に何度か奈美の家に来て、ホームページ作りの計画からページのデザインまで、細かくアドバイスしてくれた。二週間ほどで、何とか個人のページとして格好がつく程度のものが出来上がった。内容は、奈美が日頃感じた日常生活の中での小さな出来事に関してのエッセイもどきと、自分の得意料理のレシピ、それに旅行社に勤めていた時代のエピソードを中心にした、小説もどき。いずれも、書いた奈美自身が、こんな素人の文章を誰が読んでくれるのだろう、という程度のものだった。だが亜佐子は、それがいいのだと言う。

「プロの文章なら本屋さんに行けばいくらでも手に入るじゃない。ナミナミみたいな素人の人妻の心や私生活が覗けるから、こういうページがウケるのよ」

亜佐子に言われて、そんなものなのか、と思いながら、奈美はそのページをとうとう、インターネットのＷｅｂページとして公開した。

亜佐子がせっせと検索エンジンに登録したり、同じようなコンセプトのページにリンク依頼のメールを書いたりしてくれたおかげで、公開してから二週間ほどで反応が現れ出した。見知らぬ人からメールで感想が寄せられたのだ。奈美は嬉しかった。自分の作ったものに対して誰かが反応を返してくれる。そのことが、単純に喜びだった。奈美は夢中になって、毎日ページの更新に励んだ。感想メールの数も、次第に増えて来た。

やがて、次の就職先が見つかったという亜佐子がたまの日曜日ぐらいにしか訪れなくなってからも、奈美はひとりで関連の雑誌や手引き書を読み、他のページを渡り歩いて研究したりしながら、ホームページの完成度を高めようと努力を続けた。そんな奈美を夫の孝史は面白そうに眺めているようだったが、奈美のしていることに反対などはしなかった。

奈美は結婚して初めて、充実を感じていた。もはや、退屈などはどこかに消えてしまって、日常生活のひとつひとつが「ホームページの題材に出来るかも」というだけで面白かった。そうした自分の心の変化を、奈美はまた文章にしてページに載せた。すると、意外な反応が返って来た。それまではどちらかというと男性からの反応が多かったのに、女性からメールが来るようになったのだ。それもほとんどが、奈美と同じ、「普通の主婦」からのものだった。奈美自身が少し前まで抱いていた、漠然とした「退屈」を多くの主婦が同様に抱いていることを、奈美は知った。そして奈美が公開しているそのページの存在が、彼女達にある種の希望を与えていることも。

奈美は、胸が熱くなるような感動を覚えた。生まれて初めて、自分が誰かの役に立ったのかもしれないと感じた。奈美はその気持ちを素直に書いて掲載した。また反応が大きく返って来た。奈美のメールボックスは、ほとんど毎日、いっぱいになった。奈美は亜佐子に相談し、掲示板、と呼ばれる特殊なスペースをページの中に設けた。そこではメールでのやり取りではなく、公開された中でページを見ている人達との「対話」が出来る。奈美のページの掲示板はすぐに、主婦達の井戸端会議場となった。そしてそこに書き込まれる様々な、世間一般から見たら「どうでもいいような悩み」に、奈美は真剣に、そして親切に答え続けた。奈美の文章は自分でも決して上手ではないと思う。それがかえって、奈美の人柄を感じさせて好評だった。

やがて、インターネット関連の雑誌から取材の依頼などが舞い込むようになった。奈美は孝史に相談したが、実名を出さなければ別に構わないと言われ、取材にも応じるようになった。奈美のページの閲覧数は益々増え、アクセスカウンターの数字は、半年で一万を超えた。

そんなある日、その相談は舞い込んだ。

それは、二十五歳の独身OLからの不倫相談だった。初めは掲示板に書き込まれていたのだが、内容がディープになるに従って、彼女とのやり取りは掲示板からメール交換へと移っていった。

彼女の「不倫恋愛」自体はすでに過去のことだった。彼女は仕事を通じてその相手と知り合い、恋に落ち、よくある経過をたどって離別し、仕事を辞めたらしい。そして結婚紹介所の勧めで何人かの男性とつき合ってみたが、不倫相手の煮えきらない態度から感じてしまった結婚生活そのものに対する幻滅から抜け出せず、悩んでいると言う。

奈美は出来るだけ誠実に彼女の問いかけに答えた。奈美の立場からしてみたら、妻のいる男性と交際出来る女の心理自体、不可解な側面は多い。奈美自身は、孝史との結婚を初めから前提として恋愛するような性格だったのだ。だが、そうした考え方の違いを正直に述べた上で、奈美は自分がいかにして結婚生活の退屈と焦燥から抜け出したかを語った。

結婚は決して、人生の墓場などではない。気持ちの持ちよう、心のありようによって単調な繰り返しの毎日の中にも新しい発見はあり、刺激は受けられると。

『要は、自分がその中でどう生きるかの問題なんだと思います』

奈美は書いた。

『自分が少しでも輝けるように、自分の笑顔を自分自身で好きになれるように、前を向いて頑張っていれば、きっと幸せになれるはずです』

彼女からは熱い感謝の言葉と共に、一枚の画像が届いた。

『たった一枚ですが、彼との楽しかった思い出です。あなた以外の誰にも見せたことはありません。彼と別れて、きっぱりと破ってしまおうとしたのですがどうしても出来ず、これまで机の引き出しにしまっていました。今日、これを取り出し、あなたにお見せすることで踏ん切りをつけます。これで最後です。あたし、結婚して新しい幸福を得たいと思います。本当にありがとうございました』

画像には、二人の人物が写っていた。ひとりは現代的な顔立ちをした快活そうな女性で、黒いTシャツの上にさりげなくダイヤモンドのペンダントを付けるような、洗練されてはいるがどこかあざとさの感じられるセンスをしている。その感覚が、彼女と交わしたメールでの会話とあまりそぐわないということの違和感はしかし、彼女の隣りに写っていた男性の顔ほどには奈美に衝撃を与えなかった。

彼女の隣りでとびきりの笑顔を見せているその男は、間違いなく、夫の孝史だった。

3

「そう。楽しそうで羨ましい」奈美が言うと、受話器の向こう側で亜佐子が複雑な溜息を漏らした。

「自分で選んだ道だから楽しくないはずはないけどね……でも、正直に言うとね、もうホームシック気味」

「そんなこと言わないで頑張ってよ。アッコがアメリカで成功すれば、あたしにも励みになるし」

「うん……ありがと、ナミナミ。それにしても不思議だね。あの日ナミナミと一緒にインターネットカフェなんか冷やかさなかったら、二人ともこんな仕事には就かなかったもの。Ｗｅｂデザイナーになろうなんて、あたし、ナミナミのページ作りを手伝ってみるまで、考えたこともなかった」

「あたしも想像もしなかった……離婚アドバイザーだなんてね」奈美は本当におかしくなって、思わず笑い転げた。「でも、あたしのページを見てスカウトの人が来た時にね、あたし、やっと天職に巡り合えたような気がしたのよ。結局あたし、誰かの話を聞いてそれに答えたり一緒に考えたりするのが、異様に好きだったのね」

「ナミナミのページ、途中からコンセプトが変わったけど、それが注目を集めたのよね」

「そりゃ、普通の主婦が家庭の幸せについて開いていたページが次第に女の相談所になって、遂には当の主宰者が離婚しちゃったなんて過程を生々しく実況中継しちゃったんだもんね」

亜佐子が不意に黙ったので、奈美は国際電話に何か事故でも起こったのかと思った。だがやがて、亜佐子の声がまた流れ出した。

「ナミナミ、実はね」

「うん？」

「もう少しはっきりするまで話さなくていいって彼は言ってたんだけど、どうしてもこれ以上、ナミナミには内緒には出来なくて……あのね、あたし、来年の春に結婚することになったの」

「ほんと！　おめでとう、アッコ！」

「うん、ありがとう。でも……あのね、結婚相手なんだけど……高村さんなの。ナミナミの元の、ご亭主」

奈美は一瞬、呆然《ぼうぜん》とした。だが声が震えるのを無理に押さえつけながら言葉を選んだ。

「そう……それは驚いたわ」

「ほら、高村さん、ナミナミと離婚してからすぐニューヨークに転勤になっていたでしょ。去年あたしがこっちに来た時、他に日本人の知り合いっていないからつい、何かと相談にのって貰ったりして……でも、信じて、ナミナミ。あたし達のつき合いって、こっちに来てからなのよ。日本にいる時は何でもなかったの。ほんとよ」

「いやね」奈美はまた無理に笑い声をたてた。「そんなことはわかってるわよ。もう高村と離婚して丸二年経つのよ、彼が新しい恋愛をして再婚するとしたって、あたしには何も口出し出来る権利なんてないし、第一、口出ししたいとも思わないわよ」

「そうだけど、でも……」

「アッコ」奈美は商売柄身につけた、人に信頼感を与えるようなしっかりとした、それでいて温かく聞こえる声で言った。「本当に気にしないで、絶対に幸せになって。あたしが今の仕事に巡り合えてこんなに充実していられるのは、アッコのお陰よ。だから本当に感謝しているの。離婚したあたしが言うのも変だけど、高村はいい人です。あたしとの失敗があるからよけい、アッコのこと大切にすると思うわ。だからもう、何も言わないで。心からおめでとうって言わせてちょうだい」

心からおめでとう、か。

柄にもなく泣き出した亜佐子との電話を何とか切って、奈美はひとり笑いしながら肩をすくめた。

あたしも随分、嘘吐きになったものだ。

本心は嫉妬と口惜《くや》しさで、受話器を叩きつけそうになったのに。

今になってみてもまだ、奈美は、孝史と離婚しなくてはならないところまで泥沼化してしまったあの結婚生活が、不思議でしようがない。孝史に対しては何も不満など感じていなかったのに、たったひとつの疑惑が持ち上がっただけで、やることなすことすべてが、悪いほうへ悪いほうへと転がり出した。

不倫は終わったことだったのだ。考えてみれば、奈美がそれを過去のこととして許せば、何でもないことだった。だが一度孝史の不実さに触れてしまってからは、孝史の言葉のひとつひとつ、仕草のひとつひとつに嘘の匂いが感じられるようで、奈美にはすべてが苛立ちの種となった。帰りの遅さも出張の多さも、疑うことを始めた奈美にとっては、一切が疑惑の対象となった。つまらないことでの口論も、日を追って増えていった。その反動で奈美はホームページに没頭し、真夜中までパソコンに向かうようになった。二人の間に会話は次第に少なくなり、背中合わせの時間ばかりが過ぎていった。やがて孝史の同僚だと名乗る女性からたまに電話がかかるようになり、それが奈美の苛立ちに拍車をかけた。言葉のバレーボールは次第にはげしさをおび、傷つけ合いも深刻になっていく。だが、奈美には止められなかった。少なくとも。自分には落ち度がない以上、自分から折れることは出来なかった。言葉の弾みで「離婚」の一言が出た。そして孝史は、その一言を真に受けた。最後の最後に離婚届に判を押した直後にも。まだ奈美には半分実感が湧かなかった。それほどに、一度坂を転がりだした雪玉は、奈美の想像もつかなかったほどの大きさに膨れ上がっていたのだ。

すべては、あの写真から始まったのだ。

だが、あれを送って寄こした女性にどの程度の罪があったのか、奈美には判断出来ない。少なくともあの女性は、悩んでいた。他人の夫を横取りしようとした自分を全面的に肯定していたわけではなかった。彼女に幸福になって欲しいと願った自分の気持ちには嘘はなかったと、奈美は思いたかった。

奈美はパソコンを立ち上げた。奈美の担当は、インターネットを通じての離婚相談に対する回答だった。毎日、会社から転送されて来る数十通のメールを読み、答えを書く。だが仕事の前に、奈美はもう習慣になっているWebページ巡りを始めた。主として自分と同じようなインターネットでの女性問題の相談を扱うページを読むのだが、リンクの流れによっては、その他の様々なページへも渡って歩く。

今日はいつのまにか、普段は覗いたこともない作家の個人ページにたどり着いていた。それがたまたま奈美がよく読んでいる作家のページだったので、奈美は暫く楽しんだ。それからリンクをたどり、もう一人だけ、と別の女性作家のページにジャンプした。

心臓が停《と》まるかと思った。

そこに、「あの女性」の顔があった。

それは確かに、二年前に奈美のページに相談を持ちかけた、二十五歳・OLの顔だった。見間違えのはずはない。黒いTシャツに胸元のダイヤまで一緒だ。

それでは彼女は、不倫を清算した後で作家としてデビューしたのか。そうだとしたら、自分の助言が彼女の人生を変えたのかもしれない……

奈美はある種の興奮を覚えながら、そのページを読み始めた。だが興奮は、ほどなく激しい怒りへと変わった。

プロフィールを読んだだけで、何もかも真っ赤な嘘だったことがはっきりした。その作家、西城《さいじょう》かすみは十代の後半で漫画家としてデビューし、数年前に作家に転向していたのだが、OLなどしていたことはないし、第一年齢も、奈美より年上だった。

彼女が旅のエッセイを書いていることに奈美は注目した。孝史との接点は、これだったのだ。多分、雑誌の仕事か何かで知り合い、そのまま不倫関係になったのだろう。

この女は、自分をからかったのだ。

奈美を孝史の妻と知った上で、奈美のページに相談を持ちかけ、嘘八百を並べて奈美とメール交換するようになった。彼女の目的は、まるでイタチの最後っ屁のように、不倫の清算のおまけに何も知らない妻にあの写真を送りつけることだった。

何という狡猾《こうかつ》で、そして残忍な女!

こんな女の策略に踊らされて、自分は孝史を失ったのだ。

なるほど作家なら、嘘はお手の物じゃないか!

奈美は、そのページのメールの宛先へと、メールを書いた。

『拝啓　西城かすみ様

あなたはもうお忘れかと思いますが、二年前あなたから大切な相談を受け、お答えした者です。本日、偶然にこのページをみつけまして、あなたの正体を知りました。さて、私はあなたからお預かりした写真の画像を所持しております。あなたのされたことがすべて嘘であり、悪意による嫌がらせであったとわかった以上、この画像をいつまでも手元に置いておく気分にはなれません。それをどうしたらよろしいかについて、ぜひ折り入ってご相談したく思います。あなたからのお返事がなければ、当方でこれを世間に公表してくださる媒体を探し、処置を頼みたいと思います。なお念のため何もかもお忘れだとおっしゃられると困りますので申し添えますが、ここに写っているあなたの不倫相手の男性は、私の元の夫です。この写真の撮影された時点では元、ではありませんでしたが』

本気で画像を公開するつもりなど勿論ない。そんなことをしては、せっかくの幸せを掴みかけている亜佐子が不幸になる。だが、このまま泣き寝入りをするには腹が立ち過ぎていた。奈美はそのメールと共に、フロッピーの中に記録したままずっとしまってあった「あの画像」を添付して送った。

西城かすみからのメールの返事は、半日ほどでやって来た。奈美の言っている意味はまるでわからないが、あんな画像を勝手に作られては迷惑だという内容だった。ちゃんと話を聞きたいので、事務所に来て欲しいと書いてある。奈美は恐れなかった。非は全面的に向こうにあるのだ。それに、金か何か強請《ゆす》り取ろうとしている犯罪者のように扱われるのは我慢出来ない。奈美は了解し、指定された時刻に、西城かすみの事務所へと向かった。

4

自宅のドアを開けた時、電話が鳴り出した。

奈美は無視することにして靴を脱いだ。

一気に襲って来た疲労と、腹の底が冷え冷えとするような恐怖で、奈美は廊下に座り込んだ。

どうしてあんなことになってしまったのか。

だが、考えても仕方ないのだ。

幸い、西城かすみのパソコンのハードディスクの中には、奈美が送ったメールの画像もそのまま残っていた。奈美はそれを消して来た。

悪いのは彼女だ。彼女なのだ。

西城かすみは認めなかった。奈美に対して打った芝居も、あの画像の中で笑っている自分と孝史についても、いや、孝史の存在さえまるで知らないと言い張った。

一言詫《わ》びてくれていたら……悔し紛れのイタズラだったのだと言ってくれていたら、諦められたに違いない。過去のことが許せずに孝史との関係を破局にまで追い込んだ責任は、自分にだってあることは重々承知している。だがそうだとしても、最初のきっかけは西城かすみと孝史が作ったのだ。自分は被害者だったのだ！

それなのに彼女は、奈美を蔑《さげす》んだ目で見ていた。哀れな犯罪者だと思っていた。

それが許せなかった。

一旦《いったん》切れた電話が、また鳴り出した。

奈美は無視してキッチンへ行き、コップ一杯の水を一気に飲んだ。電話はまだ鳴り続いている。

奈美は舌打ちし、ゆっくりと受話器を取った。

「……もしもし？　ナミナミ？」

声は、亜佐子だった。

「今、日本は夜中だよね。ごめんね、こんな時間に。でもどうしても、ナミナミに謝っておきたくて」

「アッコ。高村のことだったらもう……」

「違うの！」亜佐子は涙声だった。「違うの、そのことじゃなくて、写真のこと」

「……写真？　何の話？」

「ああ」亜佐子は泣き出した。「やっぱりナミナミ、気づいてなかったのね！　あたし……

あたしまさか、ナミナミが気がつかないなんて思わなくて……気づいてすぐに怒ってくれると思っていたから、そしたら謝るつもりだったのよ。でも、でも、どうしてあんなイタズラしたのかそれをナミナミにわかって貰うつもりだった……」

「アッコ」奈美は疲れ切っている頭を奮い立たせて、受話器に向かった。「何の話をしているんだか、ちゃんと順序よく説明してちょうだい」

「ナミナミのページで不倫の相談したOL、あれね、あたしなの」

奈美は耳を疑った。ゆっくりと頭を振り、それから言った。

「……不倫の相談って？」

「孝史さんとのツーショット写真を送りつけたOLのことよ！　ナミナミ、あれが原因で孝史さんとうまく行かなくなっちゃったって、あたし、そんなこと知らなくて……孝史さんから離婚原因を聞いた時にね、孝史さんもよく考えてみるとわからないって言うの。どうしてなのか、とつぜんナミナミが自分の行動にやかましく口を出すようになって、それでいつの間にか喧嘩ばかりしているようになったって……それであたし、やっとわかったの。ナミナミ、孝史さんが不倫したって信じていたんだって。だけどあの写真を送った後、ナミナミが何もあたしに言って来ないんで、もしかしたらイタズラだって気づいていないのかと思ってメール入れたでしょう？」

「……メール……？」

「入れたのよ！　本当よ、信じて！　ああ……そのメールが届かなかったんだ……あたし、それでもナミナミが何も言って来ないから、てっきりイタズラを許してくれて、あたしがメールに書いた、そんなイタズラしたわけも理解してくれたんだと思っていた！　まさか……まさか誤解したままだったなんて……」

「アッコ、それはつまり、あの不倫相談は、全部アッコの冗談だったってこと……？」

「違うわ！　相談の内容は本当のことだったのよ。あたし本当は、ナミナミに聞いて貰いたかった。あたしが会社の上司と不倫して会社辞めたこと、ナミナミに相談したかった。でもね、でも……あの綺麗で大きなおうち、片づいて素敵なリビングをみたら、どうしても言えなくなっちゃったの。だって、だってそうでしょ！　あたしは一所懸命仕事して、何とかひとりで生きて行きたいと頑張った。嫌な仕事も辛い残業もこなした。生理でお腹が痛くて立っていられないような時でさえ、有給は取らなかった。それなのに、それなのに、結局恋をしただけでクビになっちゃったのよ！　でもナミナミはどう？　腰掛け仕事でチャラチャラと数年働いただけで、あんな何もかも揃った生活を何の苦労もなく手に入れてる！　あたし……悔しかったし、何だかばかばかしくなっちゃって……言えなかった。でもナミナミがホームページにのめり込んでいる姿を見ているうちにね、もしかしたらナミナミも本当は幸せじゃないのかもしれないと思い始めたの。それであの相談、書いてみたのよ。ナミナミがどんな風に考えてくれるのか知りたくて。ナミナミは一所懸命答えてくれた。それはとても嬉しかった。だけど……最後が……何だかあたし……許せなかった」

「許せない……？」

「そうよ。だってナミナミ、自分のことしか考えてないんだもの……結婚生活って、二人で作っていくものでしょ、違う？　それなのにナミナミの考えは、自分がすこしでも輝けるようにすればいい、そんな答えだったよね？　ナミナミの答えには、夫である孝史さんのことは何も書いていない。ナミナミはいつだって、孝史さんのことを自分の結婚生活の添え物としか思っていない。あたしには、そんな風に受け取れてしまったのよ……ごめんなさい……それであたし、以前にナミナミのページに貼る写真をスキャンしたデータから、隣りに写っている孝史さんのデータを切り取って、偶然見つけた作家の画像とくっつけて、あんなもの作って送りつけたの。だけどナミナミ、すぐ見抜くと思っていたのよ。だってあの写真、ずっとリビングに飾ってあって、毎日ナミナミが見ていたものだったでしょ？　あの孝史さんの笑顔にナミナミが見覚えがないわけがないし……それにあの作家の写真も、同じやつが時々雑誌とかに出ていたし。それなのに次の日もナミナミが何も言って来ないから、あたし焦って、ごめんなさい、だけどあたしの気持ちもわかってねってメール出したのよ……ああ、信じてナミナミ、あたし、あたし本当に、孝史さんとあなたの仲を壊したくてあんなことしたんじゃない……」

奈美は、受話器の向こうから聞こえて来る亜佐子の泣きじゃくる声をぼんやりと聞きながらパソコンのスイッチを入れ、自分が西城かすみに送りつけた画像を画面に表示して眺めた。

そこには確かに、新婚旅行で奈美の横で笑っていた、あの孝史の笑顔があった。

どうして自分がそのことに気づかなかったのか、奈美は考えた。答えはすぐに見つかった。

奈美は、その写真をリビングに飾って眺める時、自分の顔しか見ていなかったのだ。そして自分のホームページを作るために、その写真から自分の笑顔を切り取って、インターネットの海に向かって誇らしげに飾ったのだ。横で笑う伴侶《はんりょ》を失った孝史の笑顔は、取り残された夫の笑顔は、もはや自由だった。その隣りに亜佐子がどんなデータを合成してしまおうと、奈美に文句は、言えない。

自分の顔だけを見つめ続けるためならば、二人で写っている必要などはなかった。

自分の幸福だけを追い求めるならば、結婚生活など必要はないのだ。

二人で笑い合っている瞬間を愛《め》でるために、その写真は飾られていなければならなかった。

だが奈美は、自分の笑顔だけを愛でたのだ。

電話はいつの間にか切れていた。ニューヨークは今、何時なのだろう？　泣き崩れた亜佐子の隣りに、孝史はいたのだろうか。

机の上のパソコン雑誌は、まるで神様がそこを開いて奈美に見せようとしたかのように、開きっぱなしになっていた。

『メールが届かないことってあるんですか？』初心者の質問。

『いろいろなケースが考えられますが、いちばん多いのはメールアドレスの間違いです。普通の郵便でしたら、住所が間違っていれば送り主に戻すことが出来ますが、インターネットでは、もし間違ったアドレスが有効で誰かが受け取ってしまった場合、それが返送されることはありません。気をつけましょう』

『誰がメールを送ったのか調べることは出来ますか？』

『普通の場合ですとプライバシー保護のためにそうした調査は出来ませんが、犯罪に関係している場合や、犯罪と認定出来るほど悪質な嫌がらせなどの場合には、警察がプロバイダに対して情報の提示を求め、それに応じる形でプロバイダ情報が提供されることはあり得ます。また、メールがサーバから消除されていなければ、内容を読むことも可能です』

もし彼女がサーバのメールに削除の指定をしていなければ、あたしが送ったあのメールと画像は、まだサーバに残ったままなのだ。そしてあたしは……ハードディスクからデータを削除してしまった……彼女が死んだ後で。

弾みだった。冷静に話し合うつもりでいたのに、どうしてあんなに激高してしまったのか。亜佐子と孝史とが結婚するという事実が、意識していたよりもずっと深く、自分を追いつめていたのか。

自分を強請り屋だと罵《ののし》る西城かすみの黒いブラウスの胸に、きらきらと光っていたダイヤモンド。

その輝きが、あの時奈美にこう言ったのだ……もう取り返しはつかないわよ、馬鹿な女！　どうせ打算の結婚生活だったんだから、夫の浮気ぐらい許して当然でしょ？　食べさせて貰ってあんな家にまで住まわせて貰って、呑気《のんき》にパソコンなんかいじって遊んでいただけのあんたに、あの男はもったいなかったわ。あの男があんな生活に満足していたのは、たまにあたしと遊んでいたからじゃないの。感謝して欲しいくらいのもんよ！　だけどザマはないわね、結局親友に取られちゃってさ。あんたって本当に身勝手で嫌な女よね、投げてやる花嫁のブーケには安い百合を使い、自分のためには豪華な花にしたりして。それで最後はお笑いじゃないの、その安い花束を受け取った女に、夫を取られちゃったんだからさ！

あはははは……

奈美は飛び掛かっていた。西城かすみに、いや、その輝く小さな、そしておしゃべりな石に向かって。

揉《も》み合い、倒れた彼女の額が大理石のテーブルの角にぶつかって飛び散った赤い血の色が、奈美の目の前に蘇《よみがえ》る。

切り取られた笑顔と共に写っていた、あの素敵なゴルフシャツと同じ、赤い色。

化粧

1

茨子《さやこ》には生まれてからの三十二年間余で得た中でたったひとつ、他人に自慢出来る物がある。

短大を卒業して八年間勤めた化粧品メーカーで、美容販売員をしていた時に、店頭実演の社内大会で個人優勝した、その優勝記念の賞状と副賞の金色のコンパクトケースがそれだった。

美容部員だったのは入社してから五年間だけだった。大会で優勝したことが認められて主任に抜擢《ばってき》されはしたが、その後の人事異動で内勤になってからは、これといった成果も挙げられずにいつの間にか肩叩きの対象となっていた。お局《つぼね》いじめが始まったのを機に、親戚が勧める見合いを承諾して、十二歳年上の男と結婚し、退職したのが五年前。それから四年半ほどは特に波風も立たない平々凡々とした生活を続け、これと言った大きな不満もなく、ただ毎日が過ぎて行った。

だが、半年前に状況が一変した。

夫の母親が、同居していた夫の兄嫁と衝突を繰り返したあげく、家出同然に莢子たち夫婦の家に転がり込んで来たのだ。

世間にはとてもよくあるパターンらしいが、莢子はそんなことが現実に起こるなどとは夢にも考えたことがなかった。莢子が見合いを承諾した最大の理由が、夫となる男が三男坊で、どう転んでも姑《しゅうとめ》と同居する心配がいらない、ということだったのだから。

「なんでうちなのよ!」

莢子はこの半年、姑が留守の時を狙っては夫に愚痴を言い続けた。

「貴之《たかゆき》さんのとこだってあるのに、どうしていきなり三男のあなたのとこに来るわけ?」

「貴之のとこは、ほら、共稼ぎだからさ」

夫は、仕方ないよ、という顔で答える。

「母さん、昼間ずっと留守番させられて、夜は夜で夫婦で外で食事して帰って来るようなとこに行くの嫌だって言うんだ。母さん、考え方が昔風だからね、家族団欒《だんらん》みたいの、大事に考えてるから」

「夫婦で外食するのだって、家族団欒だわよ。自分が家族になれないって自覚があるから、除《の》け者にされるみたいで嫌なんだわ、お義母《かあ》さん」

「兄さんのとこ、嫁さんの方が収入が多いんだよ。母さんの性格からしてさ、息子が嫁に稼ぎまで負けてるなんての、見てらんないんだよ。それにあそこ、家事も完全に分担してるらしいよ。洗濯も掃除も、皿洗いまで兄貴はやらされてるわけだから、母さん、我慢出来ないだろ、きっと」

「収入が美津子《みつこ》さんの方が多いなら、貴之さんが家事して何が悪いのよ。やらされてる、なんて思う方がおかしいんだわ。要するにあたしは稼ぎがない女だから、あなたより下に見えて気分がいいってことね、つまり」

「そういうひねくれた取り方、するなよ」

夫はいつも、最後には荚子を責める目になる。

「母さんはおまえがいいんだよ。おまえとならうまくやれそうだと思ったからここに来たんじゃないか。信之《のぶゆき》兄さんのとこでさんざ辛い目に遭ったんだから、少しは優しくしてやってくれよ」

「さんざ辛い目に遭ったのは、頼子《よりこ》さんの方だったかも知れないじゃないの。どうしてそう、無条件に自分の母親を被害者に仕立てるのよ。冷静に見てご覧なさいよ。あなたの母親がどんな人なのか！」

そこまで言ってはいけないのだ、と頭ではわかっていても、荚子の言葉を適当にあしらおうとする夫の態度に、最後は辛辣《しんらつ》な言葉を投げつけて夫を傷つけてしまうのを止める術《すべ》がなかった。自分の母親の悪口を言われて気分のいい人間などはいない。夫が、荚子が愚痴を言うたびに荚子を疎ましい目で見て、おまえは冷たい女だ、おまえは根性が悪い、と言い返すようになったのも仕方がないと言えば仕方のないことだったのだ。

だが、それが半年繰り返された結果、夫婦の間がすっかり冷えてしまったことは、二人とも予測していなかったことだった。

これにはお互いに焦った。何とか関係を修復しようと、それなりに努力もしてはみた。もともと激しい恋愛の末に結ばれたのではなく、ほとんど他人同士から四年半の間にこつこつと信頼を積み重ねて築いた夫婦生活だったから、なおさらそれを今さら壊したくはないという気持ちは二人共に強かった。

だが一度擦《す》れ違った心は、なかなか正面を向き合おうとはしない。

いつの間にか互いに努力することにも疲れて、無関心が二人の間の隙間を埋めて行く。そうなるともう、相手の顔を見ていることすら苦痛になって来る。


すべては義母のせいだ。

莢子は義母に対して次第に、憎悪に近い感情を抱くようになっていた。

実際、長男の嫁が辟易《へきえき》した義母の性格は、同居を続けるのに余りにも忍耐を要するようなものだった。

ともかく、自分が絶対だと信じている価値観から一歩も離れようとはせず、意見を押しつけるだけ押しつけて、反発されるとふてくされてねちねちと夫に愚痴り出す。嫁に譲歩するという考えは元より姑の頭にはないらしい。姑の感覚では、嫁というのはその家で最下層に位置する存在であって、そんな存在の意見などはすべて取るに足らないものなのである。

それでいて、機嫌のいい時には荚子のそばにくっついて離れず、延々と長男や次男の嫁の悪口を言い続ける。そうすることで荚子の機嫌を取っているつもりなのだろうが、荚子にはそれほど鬱陶《うっとう》しいことはなく、また、姑があげつらう兄嫁たちの「欠点」は、いちいち荚子には羨《うらや》ましいものだったので、荚子の気はますます滅入る一方なのだ。

「美津子さんの金銭感覚にはついていけないわ」

姑は、極悪人の噂話でもするように眉をひそめる。

「お正月に貴之とハワイに行って、五十万円もするティファニーだか何だかのネックレスを買って来たのよ、あの人！　どうしてそんな無駄遣いが出来るんだか、ほんとに、親御さんにどんな育て方されて来たのか、呆れるわよねぇ」

次男の嫁は、夫より高額の収入を得ている。自分の金で何を買おうと、他人にとやかく言われるようなことではない。荚子には、自分はたぶん一生買うことも、誰かに買って貰うことも出来ないだろう五十万円のネックレスを、新婚旅行以来行ったことがない海外でぽんと買ってしまえる美津子と、そんな妻との生活を楽しんでいるだろう貴之の二人が、たまらなく羨ましい存在に思える。そして、あたしがそれをしないのはあたしの親の教育が良かったからではなくて、あんたの息子の収入が低いからなのよ、と言い返したい衝動をかろうじて押さえるのだ。

「頼子さんは恐《こわ》い人よ」

長男の嫁の話になると、姑の顔はさらに意地悪く歪む。

「あんな人が嫁では、信之が本当にかわいそう。あの人には思いやりってものが全然ないのよ。あたしは辛い物が嫌いだって知ってて、お鍋にキムチを入れたりするの。あんな食べ物見たことがないわよ、嫌がらせでしてるとしか思えないわ。子供たちがいくら好きだからって、辛い物は子供の成長にも良くないのに、まったく無頓着なの」

チゲ風のキムチ鍋は、葵子の家でもたまに作っていた。夫の好物だったのだ。だが姑が家にいる限り、それを作ることは出来なくなった。

「お洗濯だって驚いてしまうのよ、ほんとに。ウールやらブラジャーまで洗濯機に入れてしまうんだから。とことん無神経なのよ。そのくせ、そういったものは手で洗った方がいいわよ、なんて一言言えば、まあまあ百倍くらい文句が返って来るの！　お義母さんは機械に弱いだの知識がないだの、関係ないことばっかり！　素直じゃないったらありゃしない。あんなに性格が曲がった母親に育てられていたら、子供たちだってきっと曲がってしまうわよ。恐い恐い」

頼子の家の洗濯機は今年買い換えたばかりの新型で、遠心分離洗いとかいう機能が付いていて、ウールやレース類まで洗えるとうたっている。もちろんテレビの宣伝を鵜呑《うの》みにするわけではないが、頼子はちゃんと「わかって」やっているわけである。荚子にしてもあまり高価ではないウールのセーターなどは、ネットに入れて洗濯機で洗ってしまうことがよくあった。微弱水流なら、荚子の家の洗濯機でもそれは可能なのだ。

一事が万事。

姑にとっては、他人が見たらどうでもいいこと、単に「流儀の違い」でしかないことが、無神経だの思いやりがないだの、親の育て方が悪かっただのと、相手の人格や生い立ちを攻撃する材料になってしまうのだ。そして姑は、自分がそうした攻撃をすることで相手がどれほど深く傷つき、憎悪を育ててしまうのかにまるで気づいていない。自分は正しいことを指摘しただけ、何も悪くはない、そう信じ込んでいる。

無神経という言葉は、姑にこそふさわしい言葉なのだ。

姑と同居を始めてから、荚子の生活は、折りに触れて姑から発せられる言葉によって細かな制限を受けるようになり、それらの様々な我慢は、荚子の心の中に澱《おり》のように沈殿していった。そして、姑のその日の気分で攻撃の矛先《ほこさき》が自分に向けられて来る時には、荚子は、自分の心が目の粗いヤスリで削られているような耐え難い苦痛を感じていた。

その上に夫とは日に日にぎくしゃくとして行き、家の中でも会話らしい会話を交わさなくなって行く。荚子の忍耐は限界に近づいていた。

そんな日々の中で、茨子は結婚以来、いや、そのだいぶ前からほとんど取り出して眺めてみたことがなかった、金色のコンパクトを時々箱から出しては、溜息と共に眺めるようになっていた。

それは、本当に美しい物だった。

金製と言ってももちろん金箔が張ってあるだけで、値段としてはさほど高価なものではないに違いない。だが、蓋の裏側に付いた丸い小さな鏡の隅に、茨子の名前が細い白い文字で刻み込まれたそのコンパクトは、茨子の人生でただ一度の栄光の証《あかし》だったのだ。

美容販売員という仕事は、自分に向いていた、と茨子はあらためて思う。茨子自身さほどの美人ではなく、ニキビやシミなどのトラブルも抱えていたのがかえって幸いしてか、茨子のアドバイスにはどの客も驚くほど素直に頷《うなず》いてくれ、こんなに買ってもらっていいのかしら、と思うほどの買い物をしてくれることがよくあった。話術が巧みなわけでも知識が取り立てて豊富だったわけでもないのだが、茨子を名指しで店頭に訪れる客はどの販売店に出向いても確実に増えて行く。販売員を続けていた五年間で、茨子は同期の中ではいちばんに主任に抜擢され、特別ボーナスが支給されたことも何度となくあった。そんな日々のまさに頂点が、この金色のコンパクトを貰ったあの日だった。

茨子は今日もまた、古ぼけてしまったビロード内張りの紙の箱を開け、細かな唐草の文様がぐるっと周囲に刻まれた金色の丸い小さなそれを、飽きることなく眺めていた。

少なくともあたしには、才能があったのよ。

莢子は、金色の中にぼんやりと映った自分の顔に向かって呟《つぶや》いた。

何のとりえもないただの女じゃなかった。家事すらろくに出来ないと姑に腹の中で馬鹿にされ、好き放題に皮肉を言われても薄ら笑いを浮かべて耐えている以外に能のない女では、なかったのだ。何千人という美容部員の中で、販売コンテストで頂点に立つだけの才能が、ちゃんとあったのだ！

それなのになぜ、あたしの人生は今、こんなつまらないものになってしまっているのだろう？

金色のコンパクトの蓋に浮かんだ自分の顔がやけに小さく、間延びして、莢子の心は情けなさでいっぱいになった。

＊

「ほんと同情しちゃうよ」

高浜千恵《たかはまちえ》は、ナゲットの塊を一口で口に押し込んでもぐもぐとやってから、コーラでそれを流し込んで頷いた。

「せっかく三男坊捕まえたのに、いきなり姑に転がり込まれたんじゃあねぇ、割に合わないよねぇ。だいたいさ、今時お見合いで結婚するのなんてほとんど長男でしょ、長男とだけは結婚したくないって女は相変わらず多いもんね。あたしだってよっぽど惚《ほ》れてなかったら考えちゃうもんね。それが萊子のダンナは三男だって聞いた時にはさ、うわあ、お見合いで三男ゲットなんてすっごいラッキー、って羨ましかったもんだよ」

「はっきり言えばさ、他に決め手ってなかったのよ」

萊子は溜息と共に口に残った炭酸を吐き出した。

「収入はごく普通だし土地や財産があるわけじゃないし、顔だってまあ、あたしと釣り合ってるって程度のものでしょ。お見合いの時だって、正直なとこ、会った時も全然ピンと来なかったし、その後何回かデートしても盛り上がった経験ってないのよね。ただささ、紹介してくれた人が、三男で将来あちらのご両親の面倒を看るとか同居するとかいう煩わしさはありませんよ、って言ったのがずっと耳に残ってて……あたし、ほんとに苦手だったから。他人の面倒看るなんてこと、考えただけでも気が重かったし……」

「どうせ姑を抱え込まされるんなら、もっといい条件の相手にしたってことよね」

「うん」

茨子は頷いた。夫の顔がちらっと脳裡をよぎったが、罪悪感は湧かなかった。本当のことなのだから仕方がない。

「主人の父親が二年前に亡くなったでしょ、それまでは義母と義父は二人だけで暮らしていたんだけど、やっぱり年寄りを一人暮らしさせておくわけには行かないからって長男が義母を引き取ったわけ。だけどそこのお嫁さんと義母は徹底的に反《そ》りが合わなかったわけ。それで最後には大喧嘩のあげく、義母が死んでやるとか何とか言いながら長男のとこ飛び出して……もっともね、義姉《ねえ》さんの気持ちもわかるけどね、今は」

「難しいひとなんだ」

「って言うより、無神経なの。あのひとといると何か、気持ちがささくれるって言うか……これと言って大きな欠点だと指摘出来ることがないだけに、なんかもう、だんだん嫌気がさして顔見るのも鬱陶しくなる感じ」

「そういうの最悪だよね……だけど茨子、今さら言っても仕方ないことだけどさ、寿退社が早過ぎたんじゃない？」

「二十七だったのよ。もうお局いじめの対象だったわよ。あたし、千恵みたいに根性なかったもの」

千恵は茨子と同期入社だったが、今でも会社に残って営業企画部の係長に出世していた。

「まあ、良くわかるけど。あたしも二十七、八の頃は辛かったもの。毎日会社に行くの憂鬱でさ……周りはどんどん結婚していなくなっちゃって、アフターファイブのお声掛かりは日に日に減って、気がつくと毎日毎日、たったひとりで残業してる。トイレに入ればきゃあきゃあ笑ってた若い子たちがあたしの顔見てぴたっと話を止《や》めるようになって、結婚のことや年齢のことで男の社員からは露骨な嫌味を言われるようになって……世の中が変わった変わったって、女が結婚しないことがもてはやされてるみたいに言われてるけどさ、現実はそんなに優しくない。結婚しない女だと認めて貰えるのはほんの一部の容姿端麗の人間だけで、それ以外はとどのつまり、口ではキャリアウーマンだなんて言ってみんな持ち上げてくれても、腹の中では結婚出来ない淋しい女、としか思っては貰えない」

「千恵は強いよ」

茨子は、昔と変わらず丹念に化粧した千恵の顔を羨ましく見つめた。

「あんな時期を乗り越えて、そうやってちゃんと出世した」

「たまたまね、結婚したいと思う男と巡り合わなかったしね。だけど……ほんとなら茨子だって、ううん、茨子こそ、続けてれば必ず上に昇れたと思うよ。販売員としてあんなに優秀だったんだもの」

茨子は微笑んで頭を横に振った。

「それは違うのよ、千恵」

「違うって？」

「あたしもずっと考えてようやく最近、わかったんだ……結局ね、あたしの才能って、販売員としてだけに限られたものだったんだって。あのコンテストで優勝して、そのことがきっかけであたし、内勤に異動したでしょ？　あの異動は、あたしが希望したものだったって知ってる？」

千恵は頷いた。

「そりゃだって、販売員じゃ出世って言っても売場主任とか、せいぜい地域主任ぐらいまでだものね。誰だっていつまでも販売員でいたいとは思わなかったよ、あの頃は。あたしなんか最初から内勤だったけど、販売員させられてた人はみんな内勤を希望してるって聞いてた」

「あたしもそう思ってたのよ。販売員としていくら実績あげたって駄目なんだ、早く内勤になってそこで頭角を現さないとって……だけどいざ内勤になってみたらね、あたしは何をやっても、他の人達とそこそこ同じことしか出来なかった。いくら企画を立てても平凡だってけなされて……気がついたらいつの間にか、ただ古くからいて会社のことについてちょっと詳しいだけの、大して役に立たない年増ＯＬになっちゃってた。そんなあたしが邪険にされて、早く辞めろと暗にせかされるのは仕方ないことだったわけ。あたしは考え違いしてた……あたしの才能は、化粧品を誰かに売るという極めて限られた事に対してだけある、特殊なものだったのね。そのことをもっと早く自覚してればあたし、内勤を希望したりしないで、販売員としてとことんやってみたと思う。今はそのことだけを後悔してる……」

「化粧品を売るって、大変なことだと思う」

千恵は、少しの間黙っていてから励ますように言った。

「あたしも研修でデパートの売場にいたこと、三ヶ月くらいあったけど、成績は最低だったよ。お客は百パーセント近く女でしょ、女対女って、短い会話交わすだけでもぶつかることってあるじゃない。ましてやさ、化粧品って何て言うのか……魔物の薬って感じのとこ、あるから」

千恵は肩をすくめてクスッと笑った。

「実際さ、生まれついての美人ってのはいるわけで、これはどうしようもないよねぇ。化粧品なんかいくら塗りたくったって、顔の造作そのものが変わるわけじゃない。そりゃ微妙な調整は出来るだろうけど、造作の違いってのはもっと決定的なもので、世の中の男の大部分は、そういう決定的な差に対しては残酷に反応するもんだよ。ひとりの人間の化粧前と化粧後と比べれば、我々メーカーの人間だって化粧した方が綺麗になりましたよって自信持って言えるけど、他の顔と比べてしまえばその程度の努力はしなくても一緒、ってことがほとんど。それでも女って、化粧することを止められない。化粧品を見ると欲しくなる。それってさ……たぶん、心のずっと奥のところにある何か……すごく原始的な欲求というか、衝動に突き動かされてる感情なんじゃないか……時々、そんなこと思うのよね」

原始的な欲求と衝動。

漠然とではあるが、千恵が言いたいことは理解出来る気がした。そう……販売員だった時代、茭子が他の販売員よりも優れて客の心を摑むことが出来た理由は、その原始的な衝動に対して肯定的だったから……わかってあげられたから……だったのかも知れない。その化粧品を使ったらどんな効果があるかだけを列挙しても、人の心はなかなか動かない。それよりももっと本能的な願い……何かの為に、或いは誰かの為に化粧をするのではなく、化粧そのものがしたいという欲求に敏感に反応してあげることで客の心を動かすことが出来た、そんな風に思えるのだ。

だがいずれにしても、すべては昔の話になってしまった。

販売員を続けていれば自分がどんな人生を歩くことになっていたのか想像してみるのは、むしろ悲しい作業だ。いくら想像しても、金色のコンパクトを貰ったあの日に戻ることは出来ないのだから。

「ともかく、就職のことね、考えてみる」

「ありがとう、千恵。あたし、外に出て働きでもしないと頭が変になりそうなのよ……もう限界なの」

「わかるよ……すごくわかる。たださ、今ほら、こんな時代でしょ。はっきり言って、莢子ぐらいの年齢の主婦が仕事を見つけるのってかなり難しいのよね」

「身に染みたわ」

莢子は力無く頷いた。

「どこでもいい、スーパーのレジでもコンビニでもって探したのに、そんなに甘くないのね、今は。スーパーも大学出の正社員がレジに立たされてるほどだし、コンビニは学生のバイト希望者で抽選待ちの状態なんですって。深夜なら歓迎しますって電話で言われて、絶句しちゃった。ファミレスは年齢制限があるし、ガソリンスタンドは体力が持ちそうにないし」

「昨日まで大手の企業でふんぞりかえってたおじさんたちがコンビニバイトで食い繋いでる時代だからね……でも、何とか頑張って探してみる。だから莢子、あんまり落ち込まないで。うまく言えないんだけどさ……お姑さんだって、莢子と喧嘩しちゃったらもう他に行くとこはないわけでしょ。きっと、今度こそうまくやって行こうと思ってはいるんだと思うよ。ただ自分のどこが悪いのか気づいてないだけでさ」

莢子は、千恵の正論に頷くしかなかった。だが、自分のどこが悪いのか気づいていないというのはある意味で致命的なことなのだ。姑の年齢ではもう、それに気づくチャンスというのは一生来ないのかも知れないのだから。

2

千恵の励ましは結局、無駄になった。

破局は意外なほど早く訪れた。そしてそのきっかけは、余りにも俗っぽく、いかにもテレビやラジオの人生相談向きの事件だった。

夫の浮気。

すでに姑が同居してから皆無になっていた夫婦生活だったので、夫が生理的に欲求を抱えていたのは無理のないことだったのかも知れない。だがだからと言って浮気するというのでは、人間としての節操がなさ過ぎる、と莢子は思った。そしてそんな夫のルーズさがどうしても許せなかった。だが夫には、莢子がなぜそれを許せないのかが理解出来ないらしく、一度か二度、スナックでアルバイトしていたフリーターの女の子と寝たくらいで嫉妬するなんてみっともないと言う。自分のしたことを棚に上げて人をみっともないと批判する感性も、莢子には到底受け入れられるものではなかった。

夫婦喧嘩が毎晩続いて、とうとう夫は深夜まで帰宅しなくなった。最初の数日はそれでも夫の夕飯にラップをかけて食卓の上に並べて置いておくくらいの気持ちは残っていたのだが、毎朝毎朝、まったく手を付けられていないそれらの料理を温め直して自分の朝食にしている内に、馬鹿馬鹿しくなって、夫の夕飯を作ること自体を止めてしまった。

姑の心中も複雑だったには違いない。他にどんな理由があったとしても、浮気をした息子を正当化するのはさすがの姑でも躊躇《ためら》われたのか、いつもは些細《ささい》な夫婦喧嘩にも訳知り顔で割って入っては、最終的に自分の息子を庇《かば》って莢子を非難して終わろうとする姑も、二人の喧嘩をおろおろしながら眺めているだけだった。

だが、夕飯の材料を二人分しか買って来なくなった莢子を見て、とうとう姑が怒り出した。

「莢子さん、いくら何でもそれでは茂之《しげゆき》がかわいそうよ。この不況の中で一所懸命働いて、あなたを食べさせてるって言うのに。昔の男はよそに女を作るくらいのことは当たり前で、妻というのはそれも含めてわかってやる度量が必要だったのよ。今の人はどうしてそのくらいの我慢が出来ないのかしらね。亡くなったお父さんだってしょっちゅう浮気はしてたけど、それでもあたしや子供たちを養ってくれる人だと思うから、そのくらいは我慢するのが当たり前だと思って……」

「やめて下さい！」

莢子は我慢し切れずに、姑に向かって怒鳴った。

「食べさせてやってるだの養ってるだの、なんでそんなに恩に着せられなくちゃならないのよ！　妻には専業主婦を希望するって見合いしたのはあなたの息子よ、最初からわかってたことじゃないの。それを浮気した弁解に養ってやってるんだから我慢しろだなんて、よくもそんな恥知らずなことが言えたもんだわ！　あなたの教育が悪いから、あなたの息子はあんな無責任で節操のない男に育ったんじゃないの？　よそに女を作るのが当たり前だと本気であなたの息子が考えてるんだったら、それでもいいって女を探せば良かったのよ。あたしは、あたしはまっぴらだわ。浮気浮気って何でもないことみたいに言うけど、それってあたしに対しての裏切りなのよ。あなたの息子はね、あたしを裏切った。この事実は消せないわよ。あたしは一生忘れない。もうたくさんよ、あなたもあなたの息子も！」

莢子はエプロンをはずして台所の床に投げ捨てると、寝室に駆け込んでボストンバッグを引っ張り出した。

「ちょっと莢子さん、あなた」

姑が荷造りを始めた莢子の背中に言い掛けた。だが莢子はその言葉を遮った。

「もうあたしのことは放っておいて！　夫が浮気しても当たり前だなんて思う人は女じゃない。お義母さんは結婚して男に食べさせて貰うようになって、女を捨てちゃったのよ！　ただの奴隷になっちゃったんだわ。あたしは嫌、絶対に、嫌！」

半年の間溜まっていた心の澱が、突然の激流にかき回されて浮かび上がり、すべてを真っ黒に染めている。悪臭が心の奥底から噴き出して全身を満たし、猛烈な吐き気が襲って来る。結局、人の生活というのは俗悪なものなのだ。さんざん馬鹿にしながら見ていたテレビの人生相談とそっくりな自分の人生が、余りにも滑稽《こっけい》で惨めだった。

身の回りの物だけ詰め込んだボストンバッグを下げて、荚子は実家に戻った。もちろん、金色のコンパクトだけは忘れずに持っていたが、他には何も持ち帰りたいと思う物がなかったことに、荚子はあらためてショックを受けた。この五年間の結婚生活は、自分にとっていったい、何だったのだろう？

子供が出来ていれば。

実家で時を過ごす間には、夫やそれなりに平和だった生活への未練からそう思うことも何度かあった。だがどのみち別れる運命の二人だったとすれば、子供が出来なかったのは天の配剤なのかも知れない。

離婚が成立したのは、三ヶ月後だった。

最初は夫が離婚だけはしたくないと言い張り、交渉は長引くように思えた。だがそれが夫の世間に対する見栄から来る言葉なのだと荚子にはわかっていたので、あくまで別れたいと押し通し、慰謝料はなし、財産分与として夫が荚子に三百万円を分割で支払う、という条件で離婚は成立した。

たった三百万。五年で割れば、一年に六十万。それが、あたしが夫との生活で寄与したと認められたすべてなのだ。

あたしという「妻」の値打ちは、そんなものだったのだ。

悲しいというよりは、淋しかった。

金色のコンパクトを貰ったあたしと「妻」であったあたしとは、同じあたしなのに、まるで価値が違うのだ。社会にとっての「価値」が。

茨子は、生まれて初めて、女になんて生まれなければ良かった、と思った。

男に生まれてさえいれば。

おまえの値打ちは年に六十万だなどとは言われない人生を歩けたはずだ。男に生まれてさえいれば。

*

千恵から連絡があったのは、離婚して一ヶ月ほど経った時だった。

「ねえ茨子、あなたにぴったりの仕事があるんだけど、やってみない？」

「あたしにぴったり？」

「そうなのよ」

千恵の声は受話器の向こうで弾んでいた。

「実はね、この間茨子と会って就職のこと頼まれた時に、女がなぜ化粧をするのかって話、したじゃない」

「……したっけ？」

あれから様々なことがあり、茨子の生活は激変した。自分が千恵との茶飲み話で何を話したかなど、とうに忘れてしまっていた。

「あの時に出た話がすごく面白いと思って、あれからいろいろ考えてたの。女が化粧するのはさ、心のずっと奥にある原始的な欲求とか衝動、そういったものに突き動かされているんじゃないか……そんな意味のことしゃべったじゃない」

茨子は思い出した。確かに、取り立てて能力が優れていたとも思えない自分がなぜ、美容販売員としてだけは成功出来たのかについて徒然《つれづれ》に考えていたことから、そんな意味の話を千恵としたような気もする……

「化粧ってさ、もともとは男女の区別なくしたものよね。ううんむしろ、男性の方が化粧を好んだって研究もあるくらい。元はと言えば、化粧って魔除《まよ》けなのよ」

「ああ、その話だったら販売員の研修会で何度か聞いたわ。人間の目とか口からは悪霊だか悪魔だかそんなものが入り込むって信じられていて、だからそれを防ぐ為に目の周りや口の周りに入れ墨をしたのが化粧のルーツだとかいう話でしょ？」

「そうそう。つまりさ、化粧って、人が何か目に見えないものから身を守ろうとしたことから始まった。原始的な欲求ってつまり、それなんじゃないかと思ったの。恐れよ、恐れ」

「……恐れ……？」

「恐いのよ。恐いから化粧をする。化粧をすると安心出来る。ホッと出来る。もちろん今では、悪霊が口から入るから化粧するって人はいたとしてもごくわずかでしょう。それでも人が……特に女が化粧をするとどこか無意識に安心しているってことは、今でもあるんじゃないかって考えたの。だけどそれっていったい何に対する恐れなんだと思う？　あたし、こう思ったの。つまりそれは、歳を取ることに対する恐怖なんじゃないか……若さを、美しさを失うことへの無意識の恐怖が、人に化粧品を求めさせるんじゃないか……突き詰めて行けば、それは、いずれ必ず訪れる死に対する恐怖……女はさ、いつも衰えと向き合っていないといけないじゃない。顔の皺《しわ》ひとつ、肌荒れひとつにしてもそうだし、いずれは生理が来なくなって女としての機能をひとつ失ってしまうことが宿命付けられている。でも鏡を見て、目尻の小皺が化粧で目立たなくなったのを眺めたり、色が抜けた唇が赤い綺麗な色で染められるのを見つめたりすると、そうした恐怖が薄らいで、ひと時でもホッと出来る。心を休めることが出来る……もちろんそうしたことを意識してる人はいない。みんな無意識に、ただ漠然と化粧品が好きだったりするだけ。でもね、きっと、今あたしが言ったみたいな部分って、千恵の話は莢子にはとても新鮮に聞こえた。

「それでね、実はあたし、会社のイメージアップの為の企画を担当することになっているんだけど、今話したみたいなことを土台にして考えついた企画があるの。骨格だけ会議に出したら会社もすごく乗り気で、後は適切な人選が出来るかどうかって話になったんだけど、あたしのイメージには莢子がぴったりなのよ。って言うより、莢子のこと考えながら企画を立てたって言ってもいいくらい」

「あの……具体的にはどんな仕事なの？」

「うん、実はね、お年寄りの施設、たとえば特別養護老人ホームだとか民間のデイケア施設だとかで、メイクアップ教室のボランティアをするの」

「メイクアップって……お年寄りに？」

「そうよ。そこがこの企画のミソ。ねえ、莢子は考えたことない？　女ってほんとは、いくつになったたって女なんだってこと。なのに社会はさ、男が七十になって子供作ればよくやったって褒めるくせに、女が七十になって男と寝たいなんてこと考えてるって知ったら、すごく不潔なことみたいに言うでしょう？　でもね、女でも性欲って八十歳になってもまだあるって報告がちゃんとあるのよ。生理が止まって子供が産めなくなった途端に女としての性欲も感情もみーんな綺麗さっぱりなくなるわけじゃない。いっそそうならどんなに楽か……でも、現実は残酷だわ。世の中の誰も女として扱ってくれなくなったって、男と寝たいとか誰かに髪を撫でて貰いたいとか、そういう欲望はいつまでも残るものなのよ。それは不潔なことなんかじゃない。当たり前のことなんだわ」

考えてみたこともなかった。あと五十年経っても、自分の中に性欲やその他の生々しい感情が生き続けているということなど、今の今まで。

だが千恵に言われてそれを想像してみた時、莢子は全身が冷たくなってしまうような恐怖を感じた。

誰も自分を女と認めてくれなくなった時、それでも体内で燃え続けている小さな炎を、どうやって鎮めて生きて行けばいいのか。長い、長い人生の終わりまで、どうやって……

「さっき言ったじゃない、女が化粧を求めるのは、衰えて行くことへの無意識の恐怖をなだめる為じゃないかって。もしお年寄りにメイクアップをしてあげることで、そんな無意識の恐怖を少しでも取り除いて、ホッとして貰えるとしたら。女に生まれたことの喜びみたいなもの、思い出して貰えるとしたら。それってきっと、どんな若返りの薬より効果があるんじゃないか……そんな風に考えたの。もちろん、ただの福祉事業じゃない、うちの会社としてはそういう考え方を広めることで、五十代以上の購買層の掘り起こしを狙いたいというのはあるわ。女は永遠に女、いつまでもお肌のお手入れをして綺麗に化粧することを忘れないでいましょう、みたいな。だけどまずは企業イメージのアップの為に、ボランティアとしてそれを行うプロジェクトチームが必要。で、そのチームでチーフアドバイザーとして実際にお年寄りと話をして、メイクについて相談にのってあげられる人として、荚子、あなたがぴったりだと思ったの」

3

いつの間にか二年が過ぎた。荚子の仕事はこれ以上ないほど順調に進み、今ではもう、ライフワークを見つけたような気さえしていた。

自分には才能がある。そしてその才能を活かす仕事を見つけることが出来た。そのことの幸せが、荚子を包み込んでいる。昔、毎日が楽しくて仕方なかった時代にそうしていたように、荚子は、老齢に入った女性たちを相手に化粧することの喜びを語り、化粧品に触れていることの幸せを伝えた。

それは魔法の瞬間だった。

土色にひからびてしまった皺だらけの皮膚を優しく化粧水で拭《ふ》き、そこにパウダーを薄くはたいただけで、女の顔に命が戻るのだ。桜の花びらのように淡いピンク色をさっと頬に、色づきかけたほおずきのように明るい紅をそっと唇にのせてあげれば、そこにちゃんと、ひとりの女性が現れる。数十年前には激しい恋をし、喜び、泣き、肉体の悦楽に溺《おぼ》れたかも知れないその女性が、鏡の中に現れた忘れていた自分に見とれている。

その目から涙が溢《あふ》れて流れるのも何度となく萊子は見た。

遠い昔の熱い血の記憶が、心に積もった枯れた時間の殻を突き破り、透明な感動となって溢れ出すのだ。

萊子は、あの金色のコンパクトを手にした日以来本当に久しぶりに、自分を誇らしく思った。自分の才能が、ほんのわずかではあっても確実に誰かに幸福な時を与えた。そのことがたまらなく嬉しかった。結婚の失敗によって胸に刻みつけられた漠然とした劣等感から、萊子は少しずつ解放されて行った。

そんなある日、かつての夫だった茂之から電話がかかって来た。

「母さんがさ……君に逢いたいって言ってるみたいなんだ」

当たり障りのない挨拶の後で、茂之は切り出した。

「少しでいいんだけど、逢ってやってくれないかな」

突然のことに面食らいながらも、萊子は、茂之の言い回しに引っかかって訊いた。

「言ってるみたいって……今、おかあさんと暮らしてないの？」

「俺、再婚したんだ。一年半くらい前に。それで……あの……また君の時みたいなことになりたくなくて、兄さんを説得してね。母さんは兄さんと暮らして貰うことにしたんだ。順番から言ってもそれが公平だろってことで。それで……いや、兄さんのとこはそれなりに母さんを大事にしてくれたみたいなんだけど……やっぱり昼間ずっとひとりでいたのが良くなかったのかな……母さん、ボケちゃったんだよ。それでさ、兄さんのとこは共稼ぎで、ボケた年寄りの面倒看るのは無理だし、またうちで引き取ることも考えたんだけど」

茨子は姑の歳を思い出した。確か今年で、七十四歳。

茂之は言葉を濁している。つまり姑は、どこかの老人医療施設に入れられてしまったということだ。

「でも……どうしてあたしに?」

「君、最近雑誌に載っただろ。今やってる、年寄りに化粧をする仕事のことで。母さんがさ、あれ、見たらしいんだ」

確かに、ここのところ茨子のプロジェクトに対しての取材が増え、雑誌や新聞でインタビューを受けることは多くなっていた。その中のどれかを姑は見たのだろう。

「それで何だか君のこと思い出したみたいで、君に逢いたい逢いたいって言い続けてるそうなんだ。いや、忙しいだろうし、時間がある時にほんの一時間くらいでもいいんだけど……こんなこと、頼める義理じゃないことはよくわかってるんだけど……」

姑はあたしに何を言いたいのだろう?

たぶん、言いたいことがあるからあたしに逢いたいと言い張っているのだ。この二年間の間にからだの中で発酵させたあたしへの恨みつらみを吐き出したいのだろうか。

莢子は、だが、それでもいいか、と思った。もし体内に溜まったあたしへの恨みが姑を苦しめているのなら、それを吐き出させてやることで少しでも楽にしてあげられるかも知れない。姑への悪感情がすべて消えてしまったとは言えなかったが、少なくとも今、莢子は幸せだった。ほんの一時間、姑に罵倒《ばとう》されるくらいのことは、我慢してあげてもいい。おそらくそれが、自分があの女性にしてやれる最後のことになるのだろうから。

＊

仕事のスケジュールが詰まっていたので、午前中に別の施設でいつもの仕事をこなしてから、午後に茂之が教えてくれた病院へと向かった。茂之も同席してくれると言っていたが、特に待ち合わせはしなかった。

病院には茂之が待っていたが、新しい妻も一緒だった。その気持ちは同じ女としてわからなくはない。もし立場が逆でも、離婚した昔の妻と、どんな事情にせよ夫がまた会うと聞けば、出来れば同席したいと思っただろう。

病院の設備は悪くなかった。少なくとも、兄弟で母親をたらい回ししたあげくに病院へ放り込んだ、という見方は間違っているのだろう。莢子は姑に同情は感じなかった。もし姑が長男の嫁ともっとうまくやっていたならば、そして荚子自身に対してももう少し思いやりを持っていてくれたならば、姑の人生の最終章は、こんな形にはならなかったかも知れない。

六人部屋の陽射しがよくさし込む明るい病室に、姑はいた。

荚子は、一目姑を見て思わず声をあげそうになった。たった二年しか経っていないのに、その変貌ぶりはすさまじかった。

倹約家で他人の買い物にはもったいないを連発する一方姑は、化粧もちゃんとしていることが多かったし、数は少ないなりに仕立てのいい服を持っていて、それらを着込んで町内会の旅行などに出掛けるのが大好きな人だった。それが今は、染めていない髪は真っ白で、ほとんど櫛《くし》も入れていないのかぱらぱらとほつれて顔にかかり、化粧っけのない顔は血の色が抜けて蠟《ろう》のようにかたまり、刻み込まれた皺だけがやけにくっきりと顔中に網の目のような影を落としている。唇はどこにあるのかわからないほどからからに乾いて小さく縮み、皺の中に埋もれていた。まるで、百歳に近い老婆のようだった。

今ではもう義母ではなくなったその女性に、何と声を掛けていいかわからず、荚子は戸惑いながらベッドに近づいた。

「お……お義母さん……？」

荚子の声に、老婆の落ちくぼんだ目がどんよりと見上げる。

「萸子です。お久しぶりです」

「さや……こ」

老婆がじっと萸子を見つめた。その途端、まるで電流が流れたように、姑の顔が痙攣《けいれん》した。

「さ、萸子さん、どこに……行ってたの」

異様にはっきりとした言葉だった。だが、どこに行っていたのか、という問いかけは、萸子がすでに嫁ではなくなったという事実すら認識出来ていないことの証なのだ。

「母さん、あのね、この人はもう……」

後ろにいた茂之が言いかけるのを萸子は目で制した。

「ごめんなさい、お義母さん。ちょっと旅行に出ていました」

「困った……人だわ。こんな……に長い間……勝手に旅行なんて……行って」

姑は長く喋るのが久しぶりなのか、声の出し方を練習するように言葉を区切った。

「あ……なたに言っておきたいことが……あったのよ」

慣れて来たのか、言葉が少しずつ繋がるようになる。

「何でしょうか、お義母さん」

「この前のことだけど……ね、あたしだって……ゆるしたわけじゃない。あたしだって、腹が立って腹が立って、あの人を……殺してやりたいと思った。あたしだって女なんだ……女だったんだから」

莢子は一瞬、姑が何の話をしているのかわからずに瞬きした。だが莢子の脳裡に、姑に投げつけた自分の言葉が甦って来た。

夫が浮気しても当たり前だと思うあなたは、女ではない。

あれは、姑が舅《しゅうと》の浮気に耐えた話をした時に爆発した莢子が言ったことだった。

「他にどうしたら良かったのよ。子供三人抱えて、手に職もなくて……あたしだって悔しくて……なんで女に生まれたんだろう、畜生、畜生ってね……」

姑の手が莢子の腕を掴んだ。驚くほど強い力だった。

「あなたの言う通りよ。浮気されても我慢しろだなんて、言ったらいけなかった。あなたはいいわねぇ、雑誌にも出たり出来て、旅行にも行けて。ああ、あたしももう一度、今の人間になって生まれてみたいよ……人生、やり直してみたいよ……」

姑は泣いていた。骨と皮ばかりになった掌が、莢子の腕に痛かった。

莢子は知った。

思いやりがなかったのは、お互い様。

四十年先に、あたしもこの人と同じ歳になる。

四十年先でも、やっぱりあたしは、女のままだ。この人がそうであるように。永遠にそうであるように。

茨子は、姑の掌をそっと握り、それから足下に置いていた仕事用具の詰まった鞄《かばん》をベッドの上に引っ張りあげた。

化粧道具の大きなケースを取り出して開ける。

いつも持ち歩いている手に馴染んだ道具に混じって、あの金色のコンパクトケースがある。もう古ぼけたビロード張りの箱に収められた「記念品」ではなく、茨子の人生を紡《つむ》ぐ為の大切な道具となったその、コンパクト。

「きれいだねぇ」

姑が嬉しそうに目を細めた。

「文枝《ふみえ》さん」

茨子は、初めて姑の「名前」を呼んだ。

「お化粧しましょう。ほら、泣いたからお顔がちょっと、淋しそうになってますよ」

姑は笑顔で頷いた。今さっきまでの情熱はもう、姑の瞳から消えていた。

茨子は姑の頬を化粧水で拭《ぬぐ》い、金色のコンパクトを開けた。

パウダー、頬紅、口紅と、姑の顔に少しずつ色を甦らせて行く。小さな丸い鏡の中には、遠い昔、夫の浮気に苦しみ、嫉妬の地獄を見た女が放っていたであろう艶やかな色香が、ほんのりと漂い始める。

「ご親切にありがとうございます」

姑は微笑みながら頭を下げた。彼女の脳裡からはすでに、荚子は消えている。

「最近は化粧してる暇もなくってねぇ、何しろ、小さい子が三人もいて、それがみんな男なもんだから」

「大変ですね。子育てがお忙しそうで」

荚子は相槌《あいづち》を打つ。

金色のコンパクトケースの中の小さな鏡が、四十年前の幸福を映して、きらりと光った。

CHAIN LOVING

1

夢を食べるのがバクなのだとしたら、愛を食べる動物って何かしら。

ケーナはぼんやり窓の外を眺めている。いつのまにかもう夜明け。最近は毎朝こうなのでもう気にならなくなったけれど。

睡眠障害。治療法は朝の光にからだを当てることです。でも朝になると眠くなる病気なのに、どうしろって言うのよ。

専門の病院に行けば、朝日と同じ効力を持った光にからだをさらす治療を受けられると聞いたことがあるけれど、そんな設備のある病院がどこにあるのか知らないし、第一、もう面倒になった。

朝、起きられません。

それが病気だと認めてもらう前にクビになっちゃうんだから仕方ない。根性が足りないからだとか気力の問題だとか、この国はなんでもかんでも精神力でカタがつくと思っているんだからある意味、おめでたい人間の集まりなのだ。世の中には精神力なんかじゃどうにもならないことがいっぱいあって、だから日本は知らない間に、何をやっても世界に通用しない国に成り下がった。根性だけで物事が解決するのなら、そんなに簡単なことってないもんね。

人間の体内時計は二十五時間周期で動いていて、でも世の中は二十四時間で動いているから、体内時計と世の中とでは毎日一時間のずれが出来る。健康な人はそれを毎日微調整してちゃんと生活しているわけだけど、たまにその調整が出来なくなる人がいて、そういう人が睡眠障害を起こすらしい。微調整が出来ず、いつのまにか朝にならないと眠れないリズムに落ち込んでしまう。もっとひどい人になると、毎日きっちり一時間ずつ起床と入眠時間がずれてしまうので、月の半分近くを世間の人とは真反対の時間帯で生活することになる。そうなるともう、普通に会社に勤めて仕事して、などという生活はまず不可能になってしまい、結果として社会から落ちこぼれる。

ケーナはそれほどひどくはないが、どんなに寝不足でも明け方までは眠れないし、昼過ぎないと起きられない。

この病気になったはじめの頃は、起きられないのは自覚が足りないからだと思い込んで、目覚まし時計を売るほど買い込んで枕元にならべていた。それでも明け方まで眠くならずに朝、どうしても起きられず、遅刻ばかりしてしまう。一度遅刻するたびに目覚まし時計を買い足して、とうとう最後には十三個の目覚まし時計が枕元にずらりと並んだ。その数を数え、

十三、という縁起の悪さに身震いした時はじめて、ケーナは自分がもしかしたら病気なのかも知れない、と思った。
契約社員として勤めていた広告会社を遅刻の多さでクビになり、それが同じ理由で三回目のクビだったので、ケーナはやっと決心した。

朝まで眠れないのはあたしのせいじゃない。きっとどこかからだが悪いんだ。調べなくちゃ。

本屋で医学書を立ち読みし、睡眠障害のことを知った。

そして、知った途端になぜなのか、力が抜けてもうどうでもよくなった。

人間の体内時計は二十五時間。

自然が無駄なものをつくるとは思えないし、意味のないことをさせるとも思えない。人の体内時計が二十五時間周期であるなら、それにはたぶん、ちゃんとした理由があるに違いないのだ。それなのに無理に二十四時間に合わせて生活するなんて、そっちの方が不自然なんじゃない？

毎日一時間ずつずれて行く生活。それがゆるされているのなら、この世の中から退屈ってなくなるかも知れないのに。通勤時間だって一時間ずつ毎日変化したら、車窓の風景も変わるだろうし。たとえば毎朝蕾《つぼみ》しか見ることができなかったあの線路脇の月見草も、一時間ずつ出勤がずれて行けばその内に咲いている姿が見えただろう。

それで不都合なことなんて何かあるのかしら。世の中の人全員が一時間ずつずれて生活して行くことに慣れてしまえば、明日の約束も来週の予定も、ちゃんとずらして考えればいいんだし。

ケーナは就職活動を止めて、少しの間、朝になったら眠る生活を続けてみようと思った。どのみちこの就職難では焦《あせ》ったところで希望の職場など見つからない。失業保険が切れるまでは、自分の体内時計とつき合おう。


無職になって一ヶ月と少し。

窓の外はすみれ色から次第に青く変化して行き、それと共に透明だった空気が白く輝きと艶《つや》とを取り戻す。キーキーと馴染《なじ》みの音をたてて新聞配達の自転車が行き過ぎると、そろそろ彼女が帰宅して来る時間だった。

彼女の名前はミサキ。それしか知らない。どんな字を書くのかも、それどころか、名字なのか名前なのかも。源氏名という可能性もある。ただ彼女が自分でミサキ、と名乗ったから、それで不便もないしケーナは彼女をミサキさん、と呼ぶようになった。

新宿のクラブに勤める彼女は、毎朝午前六時近くなってやっとアパートに戻って来る。仕事で遅くなるわけではなかった。クラブは遅くても午前二時には終わる。それから四時間、どこで何してるの、と訊くと、ミサキはへへへ、と舌を出す。お客さんがお寿司おごってくれたりさ、六本木に踊りに行ったりさ。もちろん、男のこともあるけど。

ミサキの部屋はケーナの部屋の隣りで、知り合ったきっかけはある朝、酔っぱらって足腰が立たなくなったミサキがタクシーの運転手と揉《も》めて騒ぎを起こしているのを、ケーナが収めてあげたことだった。ミサキは酔ってはいたが筋道の通った話をしていた。その運転手が、ミサキが寝ているのをいいことにわざと遠回りして道を選んだ、と言うのだ。料金がいつもより二割近くも高いというのがその根拠。たぶん、ミサキの主張は正しかったのだろうとケーナは今でも思っている。だが運転手はミサキの指示通りに走ったのだと言い張り、泥酔していたミサキがいくら反論してみたところで埒《らち》はあかなかった。ケーナはタクシー代を立替えてミサキを担ぎ、部屋まで連れて帰った。

翌日の午後、ミサキがケーキの箱を下げてケーナの部屋のドアをノックした。

ミサキは自称二十一、でも本当は二十四、五歳くらいだろう。銀座の水も数年は知っているようで、水商売の女性らしい不思議な貫禄と色気とが、素顔の時でもミサキの周囲には漂っている。だが生活時間帯が違うせいで昼間の世界の同世代の女の子とはほとんど話したことがないらしく、午後目覚めてから一、二時間、ケーナとお喋りを楽しむのがミサキの日課になりつつあった。

廊下を歩くミサキの足音がケーナの部屋の前で停まる。

「ケーナ、起きてる？」

ドアの向こうでミサキが屈託のない大きな声をあげた。

「うん」

「あたし超ねむねむでさ、寝るよ。二時頃行っていい？」

「いいわよ」

ケーナもドアを開けずに応えた。

「一緒にお昼、食べよ」

「じゃあね、おやすみ〜」

物憂気なミサキの声とほぼ同時にドアが開く音がして、また静けさが戻った。

ケーナもそろそろベッドにもぐり込む。そして目を閉じて、健二《けんじ》のことを考える。

二〇〇一年になって、健二は七番目の恋人だった。と言っても、ケーナの恋はもう何年もずっと片思いのままなのだ。片思いのまま妄想を膨らませて遊び、片思いのまま飽きてしまう。

ケーナが最後にまともでそれなりに激しい恋をしたのは大学二年の時、もう十年近くも前のことだった。ただの同級生で、今にして思えばこれと言ったとりえもなくたいしてハンサムだったわけでもなく、夢中になるような相手だったとも思えないのだけれど、それでも好きになってしまったのでそうした事柄はどうでもよくなっていた。ただ好きで好きで、ふたりで遊びに行くのが楽しくて、流行《はや》っているラブソングの歌詞は全部自分たちふたりにあてはまるように思えてしまい、世の中の全部の事柄がふたりの恋のために存在しているかのような錯覚の中で、無邪気に傍若無人にはた迷惑に愛し合い、少しの時間を見つけてはどちらかのアパートでセックスばかりして、物覚えの悪い子供のように、毎日同じ愛を繰り返してややこしいことは出来るだけ考えないで日々をやり過ごし、ふと気づいた時には、相手の男がケーナよりも顔のかわいい女の子に心を移してしまっていて、今までのことはすべて何かの間違いだったのか、と啞然《あぜん》としたほどあっさりとふられてしまった。

軽薄な恋だったから、軽薄に終わるのも仕方ない。

でも、悲しかったのだ。ケーナはやっぱり悲しくて、たくさん泣いた。何日もがっかりしたままで過ごして、何もする気が起きなくて、死にたいと思った。どんなに、あんなやつくだらない、あんな恋なくして幸い、と自分に言い聞かせてみても、淋しさは埋まらなかったし、胸の痛みはやわらがなかった。

ケーナは失恋の波の中で一度完全に溺《おぼ》れてしまい、自分を見失った。そしてようやくその水の底から浮かび上がってもう一度自分自身を取り戻したと感じたのは、半年も経ってからだった。

ケーナの片思い癖は、その頃からずっと続いている。

岩倉《いわくら》健二は駅前のハンバーガー屋でアルバイトをしている大学生で、ケーナよりはずっと年下。フルネームを知ったのはつい最近で、たまたま買い物をしていた時、健二の同級生らしい男の子が「けんじ」と呼んでいたのを耳にしたのだ。岩倉、という名字の方は、胸につけた小さなプレートに書いてあったので最初から知っている。

そして、「けんじ」が「健二」だとわかったのはほんの偶然だった。ハンバーガー屋の裏手の駐車場に置かれていた自転車の盗難防止プレートに几帳面《きちようめん》な文字で書かれているのを、たまたま見つけしまったのだ。頭にのせていた帽子が風でころころと転がって、それを拾おうと腰をかがめた時、目の前にその文字があった。

恋に落ちた理由はそれだけだった。最初に岩倉、という名前がわかり、それが岩倉けんじになって、最後にやっと岩倉健二になった。そうやってその青年のことが少しずつ「自分のものに」なった気がしてうれしくて、うれしい、と思った途端に片思いを始めていたのだ。

ケーナはもう、そうした自分の心の「軽さ」には驚かなかった。どうせひとりの妄想の世界ですべてが始まって終わってしまうのだから、あまり深く考えても仕方がない。

その日から、眠りに落ちる前には岩倉健二のことを考えている。毎晩毎晩。想像ならばどれだけ膨らませてどんなことをしたりさせたりしていても、誰にも咎《とが》められることがない。

片思いというのは恋愛の形態としては、完璧なのだ。片思いをしている間ならば、何をどう想像しようとこっちの勝手なのである。

目を閉じて、眠りに落ちるまどろみの時間、ケーナは健二に自分が望む言葉を語らせ、して欲しい動作をさせて幸せになる。思いを打ち明けようなどとは考えたことがない。打ち明けてしまえば、恋は自分で制御できるゲームではなくなってしまうのだ。大切なことは、もう二度とあんなふうに傷ついたりしないよう、自分の心をいつも幸せで満たしておくことだ。

健二が優しく囁《ささや》いてくれることを想像する。恋には少し困難がつきまとった方が面白いから、健二には今つき合っている恋人がいることにしてある。今夜はその子に別れを告げてあたしを選んだと打ち明けてくれる、そんな場面がいい。それは特別な感動のはず。他の女と比較した上で自分が選ばれるその瞬間は。

目を閉じた、瞼《まぶた》の裏側だけの世界の中で、健二は優しくそして切なく囁いてくれる。やっぱり君しかいない。僕は君を選んだ。

ああ、でも。

妄想の中の幸せの絶頂で、ケーナはまたいつもの不安に捕われていた。遂に健二を手に入れた。でもこれからは健二を他の女に取られないよう、いつも戦々兢々《せんせんきょうきょう》としていなくてはならないのかも。

ハンバーガー屋の、あの明るい茶色に髪の毛を染めた背の高い女の子。あの子はきっと健二のことが好きなのよ。睫《まつげ》に驚くほどマスカラをぽってりと重ね塗りしたあの目がケーナの目の前にちらちらしはじめる。あの子はぜったい健二にちょっかいを出す。いかにも軽そうな女の子だもの、お酒でも飲んだ時に男を誘惑するくらい、簡単にやりそうじゃない。そう、きっとあの子が健二にちょっかいを出して、この恋は複雑になって行くんだ。だけどあんな頭の悪そうな女の子と男を争うなんて、なんだかあまりみっともよくないよね。

高く舞い上がった妄想はやがて、自分を傷つけない終わりを目指してゆっくりと着地に向かう。

今度の恋もそろそろ終わりが見えて来たのかも。岩倉健二を夢のまぎわに追い掛けはじめて一ヶ月。短い方じゃない。

2

ミサキはひっきりなしに煙草《たばこ》を喫《す》っている。

ケーナの部屋でカップラーメンの昼食を終え、ミサキがコンビニで買って来たマンゴープリンを食べながら、ミサキが機関銃のように喋るのを聞く。喋っては煙草を喫いこみ、喫いこんではまた喋る。忙しい。

「でさ、結局、今度ももう終わりかなって思うわけよね。一年ってのはよく持った方だしさ、仕方ないかなぁって」

「でもお金持ちなんでしょ、その人」

「まあねー。だっけどさあ、バカンスはカリブ海でプレゼントはハリー・ウィンストンっていうならまあ惜しいって気もするけど、グアムに連れて行ってエルメス買ってやるからって言われても、飽きちゃった男に抱かれるにはやっすーい、って思うじゃない。だいたいさ、そういう物欲を刺激されないとその気になれないって時点でもう、それって恋としては終わっちゃってるんだよ、そう思うでしょ？」

「うん」

ケーナはマンゴープリンの中にマンゴーの実がちゃんと入っていたので嬉しくなった。

「そりゃそうだ。ほんとに好きならタダでもいいもんね」

「そうなのよー。それなのよ。なんか最近、そういうタダでもいいわって恋が出来ないっつーかさ、自分が純じゃなくなったっつーか。こんな商売してんだから仕方ないって言えばそうなんだけど、水商売してたって純に恋愛しちゃっていつのまにか結婚して奥さんになっちゃう女はいるんだよね。環境とか仕事とかって結局は言い訳でさ、汚れないで生きようって気持ちがあるかどうかなんだよ」

「ミサキは自分のこと、汚れたと思ってるんだ」

ミサキはまだ半分も喫っていない煙草を灰皿に揉《も》み潰《つぶ》し、すぐに新しい一本を箱から取り出した。

「演歌っぽい意味ではそんなこと思ってないよ」

ミサキの吐き出す煙りが部屋の中で渦になっている。

「百人と寝ようが千人と寝ようが、女なんて変わらないもんね、結局さ。ただささ、純に誰かを好きになるのが難しくなったって意味では、汚れて来たよなって思ったりもするわけよ。だってねぇ、ついさ、相手の収入とか考えるようになっちゃうじゃん、一度贅沢っつーかいい思い、体験しちゃうと。あたしらのちょい上くらいだとまだ会社なんかじゃ新人だったりしてさ、給料もたいしたことないもんねー。店の客だって若いのはみんな会社の金つかってんだからさ。まあ遊ぶ相手ならいいけどお、一対一でまじにつき合うとしたら、お寿司食べに行こうって誘われてそのお寿司がお皿に乗って回ってる男よりは、ちゃんと握って目の前に二個ずつ置いてくれる男にしときたいって本音、あるじゃん、やっぱ」

煙たくなって来たのでケーナは窓を細く開けた。ミサキが吐き出した白い煙りが外の空気に吸い込まれて少しずつ消えて行く。

「ミサキさん、煙草、一日何箱ぐらい？」

「煙草？」

ミサキはセーラム・ライトの細長い箱を今さらのように見ながら首を傾《かし》げた。

「気にしたことなかったけどぉ、買う時は二箱ずつ買うからなぁ。一日、二箱は喫っちゃうよねぇ。もっとかも」

「でも」

ケーナは吸い殻でいっぱいになった灰皿を手に台所に向かいながら言った。

「一本をちょっとしか喫わないよね。まだみんな長いもの、吸い殻。ちょっともったいない感じ」

灰皿に水を少しかけてから、生ゴミ用の小さな袋に吸い殻をあけ、口をしばって生ゴミの容器に放り込んだ。

「ケーナは煙草、喫わないんだっけ」

「大学に入った頃にいたずらっけ起こして喫ってみたことあるけど、なんかおいしくなくてそれっきり」

「んじゃわかんないかぁ。あのね、煙草ってさ、最初の一服がおいしいわけよ、火を点けた」

「そうなの？」

「そうなの。新しい一本に火を点けるでしょ、それで一服目、これが最高。せいぜい二服、三服までなんだよね、その一本がおいしいのはさ。喫えば喫うほどまずくなっちゃうわけなのよ、悲しいことに。だから、さっさと潰して次のに火を点けちゃうわけ。そりゃもったいないって言えばそうだけど、そんなことでケチケチするくらいだったら煙草そのものをやめちゃった方がずっと賢いわけだしねぇ。こんなもん、喫わないで済むなら喫わないにこしたことはないんだから」

「お肌に悪いもんね」

「そうそう。ニキビできちゃうしい、荒れるしねぇ。でもやめると太るって話もあるんでやめないけどね」

「知らなかったな」

ケーナは居間に戻ってセーラムの箱を手にとって見た。

「同じ一本なのに、味って変わるんだ」

「よく知らないけど、熱が通るからじゃないの、やっぱ。さきっぽに火を点けてそれが段々燃えて行くわけだからさ、根元の方にはじんわり熱が伝わっちゃって味が変わるのかな、って思ってるけど」

ミサキはけらけらと笑った。

「なんでも熱し過ぎはよくないってことだねぇ。シチューだって煮込めばいいってもんじゃないもんね、煮込み過ぎて具がどろどろに溶けちゃったらやっぱ嫌だし」

「ミサキさんが次から次に新しい煙草を喫うのって、そのせいだったんだ」

「ああ」

ミサキは自分がまた新しい煙草に火を点けているのを見て頷《うなず》いた。

「こういうの、チェーン・スモーキングって言うんだよ。鎖みたいに繋《つな》がって途切れなく喫うから。ほんとのニコチン中毒の人はチェーン・スモーキングをあんまりしないって話もあるらしいよ。ニコチン中毒の人って、ニコチンに対する禁断症状をやわらげたくて喫うから、喫い出すと夢中になっちゃって煙草を消すことが出来ないで、徹底的に根元まで喫うでしょ。でもある程度ニコチンを体内に摂取するととりあえず飢餓状態はなくなるから、それでしばらく喫わないでいられるんだって。でも中毒だから、禁断症状が出るとまた喫って、根元まで喫いつくしちゃう。そういうの繰り返すのが本物のニコ中らしいよ。チェーン・スモーキングするのはニコ中予備軍とか、ニコ中の初級状態に多いんだってさ。ニコチンに中毒してるってよりは、最初の一服に中毒してる状態なんだね、きっと。あの最初の一服の刺激が欲しくてたまらないんだよ。煙草喫わない人には説明したってわかんないと思うけどさ、お腹いっぱいごはん食べて、もう何にも食べらんないって時に一服するあのおいしさって格別なんだよ」

「想像が出来ない」

ケーナは、本当に想像出来ずに頭を振った。

「お腹がいっぱいでもう何も入らない、なんて時に、どうして煙りをお腹に入れたいなんて思うのかしら」

「嗜好《しこう》ってのはさ、そういうもんなのよ、きっと」

ミサキはまた、ふーっと長く煙りを吐き出して満足した顔になった。

「他人には言葉で説明したってわかんないんだよね。なんて言うのかさ、わかられたくない、って感じ？」

「わかられたく、ない？」

「そう。ケーナにだってない？ 自分だけしかわからないだろうな、って思う愉しみ。快感。あたし、いろいろあるよ。人には恥ずかしくて言えないような快楽。別にエッチの時のことだけじゃなくてもさ。たとえばあたし、足の歩き癖が悪くて、足の裏のヘンなとこにタコが出来ちゃうのよ。お風呂からあがるとそのタコがふやけてやわらかくなってるじゃない？ で、それをタコを削る道具で削るわけ。そうするとさ、なんか、ゾクゾクっとして来ちゃうんだよね。人間の皮を削ってるんだって思うと」

ミサキは他人に言えない小さな秘密を打ち明けるのが楽しくなって来たらしい。少し身を乗り出し、瞳を輝かせて声をひそめる。

「他にもこんなの、あるよ。あたしね、ひとりでキスの練習するのが好きなのよ。鏡に向かってさ、薄目開けたままでキスしてるとこ想像して唇を突き出して、ついでに舌も動かしちやったりして。あれってやっぱ、変型オナニーなのかなあ。でも別にそれ以上エスカレートはしないんだよね。ただキスしてるのを想像して楽しんでるだけなの。タコを削るのとキスの練習と、どっちもあたしにとっては秘密のお楽しみなわけよ。煙草と同じ。ねえケーナにはそういうの、ないの？」

「あるけど」

ケーナは、眠りにつく前の「儀式」について話してしまおうかな、と、ちらと思う。でもやめておく。

片思いは嗜好とは違うもの。

あたしはただ、恋をしていたいだけなんだもの。だから誰にも、言わない。

「えっとね、あたし、爪のでこぼこをヤスリで削るのがすごく好きなの。それからね……」

突然、ミサキの胸のポケットで携帯電話が鳴った。

「あ、メールだ」

ミサキが携帯を取り出す。

「ラッキー！　同伴じゃん！」

「同伴って、なに？」

「お客さんと晩御飯食べてから一緒に店に出ることよ。晩御飯はお客さんの奢《おご》りだし、店に確実に一組連れて行くわけだし、いいことずくめなの。だから出来るだけ同伴とれってチーママがうるさくて」

「どうやってその同伴、とるの？」

「おねだりよ」

ミサキは肩をすくめた。

「お客さんの携帯に電話したりメールしたりして、晩御飯食べに連れて行ってくださーい、っておねだりするわけ。とは言ってもねぇ、バブルの頃なら甘えておねだりすれば引き受けてくれた人も多いんだろうけどさ、今は時代が違うもんねえ。下手におねだりなんかしたら、図々しいって思われて店に来て貰えなくなっちゃうから、相手の性格を読まないとなんなくてけっこう大変なんだよ。あ、そうだ！　ケーナ、一緒に行かない？　今夜」

ケーナは驚いた。

「だって……あたし、関係ないのに」

「このおじさん、ともかく女の子がいっぱいいるのが好きな人なのよ。お店でもね、女の子が他のお客さんのとこについちゃってて少ない時なんか機嫌が悪いの。昔の映画に出て来るキャバレーみたいなのが好みな人なわけ。ね、お願い、今夜さ、他に店の子呼びつけるアテがないのよ。あたしひとりじゃ景気悪いって怒られちゃう。ほら、見てよ、このメール！　他にも二、三人呼んでおいで、なんて書いてあるでしょ？」

確かに、そんなようなことが書いてある。ケーナは困惑していたが、ミサキが熱心に頼むので結局承知した。どうせ他に何かをする予定もないし、明け方までは眠れないのだから、暇は暇、なのだ。

*

「ケーナ、って珍しい名だね。字はどう書くの？」

渡部《わたべ》というその男は、店の女の子ではないまったくの素人《しろうと》、ということでケーナに興味を示していた。

「景色の景に、奈良の奈です」

「ああ、なるほど。景奈《けいな》、か。ケー、と伸ばさないでケイ、なんだね」

「でも、伸ばすのが本当らしいです。父親が昔、アンデスを旅行したことがあったらしくて、民族楽器の笛が気に入って、今でも実家にはたくさんあるんです。その笛がケーナ、と言うんだそうです」

「へえ、なかなか夢があるなぁ。ロマンチストなんだね、あなたのお父さんは」

父親がロマンチストだなどと思ったことは、一度もない。ケーナと母にとって、あの男はただの無責任の塊だった。会社勤めは性に合わない、と突然退職し、退職金を注ぎ込んで商売を始めて失敗、多額の借金をつくって逃げてしまった。やっと見つけ出した時には他の女と暮らしていて、離婚が成立すると約束の養育費など一円も払わずにまたどこかに逃げてしまった。

若い時に世界を放浪して歩いた経験は、あの男に、ただ社会的な常識を軽視させ、他人に迷惑をかけても身勝手に生きることを自由な生き方だと勘違いさせただけなのだ。その放浪の思い出がケーナなのだとしたら、娘の誕生などはあの男にとって、アンデスの記憶以上に香ばしいものではなかった、ということなのだろう。


「あなたはケーナを聞いたことはあるの?」

「いいえ」

ケーナは言った。聞きたいとも思いません、と付け加えたいのを我慢して。

「綺麗な音だよ」

「あら、渡部さんは聞いたことあるんですか?」

「あれ、ミサキには言わなかったっけ? うちの事務所にさ、柏原祐一《かしわばらゆういち》ってのがいるんだよ」

「あの俳優の? 知ってる!」

「あいつが民族楽器のファンでね、ケーナを吹くんだ。今度CDも出したいなんて言ってるんだが、売れないだろうからな、商売にならないよな」

渡部は小さな芸能プロダクションの社長らしい。ケーナは渡部の話に興味がないので、目の前の料理を平らげることに専念していた。

料理はとてもおいしかった。上品な味つけの広東料理。

満腹になると、渡部もミサキも煙草を取り出す。魔法の煙り。あたしには理解できない、悦楽。

ふと、店に入って来た客に目が行った。そうしてケーナは驚きで何度も瞬きした。

岩倉健二が、見知らぬ女と二人でそこにいた。

テーブルに案内された健二は女に優しく微笑みかけている。まだ学生のくせに。こんな高い店で女に夕飯を奢るだなんて。ハンバーガー屋でバイトなんかしてるのに！

その夜、眠りにつく寸前に、ケーナは妄想の中で岩倉健二を殺した。

物語はできるだけ単純にした。健二が他の女によそ見をしてケーナが別れを告げる。でも健二はケーナを諦め切れずに追いすがり、ナイフでケーナを刺そうとする。だが周囲の人々に取り押さえられて失敗、そのままナイフを自分の首に突き立てて自殺。

エンドマークの出た妄想の中で、ケーナはその陳腐さに思わず笑った。とてもくだらない死に方だったけれど、健二にはふさわしい。

問題は、これでまたあたしには恋人がいなくなってしまったことだ、とケーナは思う。新しい恋を見つけなくちゃ。そうしないと、明け方の眠りが辛くなるから。

3

二十五時間の体内時計が、この頃また動き出した。

ケーナは目覚まし時計を見て少し顔をしかめる。もう午前六時近いのに、まだ眠くならない。

恋をしていないからだ。原因は判っていた。岩倉健二を殺してしまって以来、ケーナは必死で次の恋人を探している。心がときめく相手を探している。濁ったミルク色の明け方の眠りをやわらかく包んでくれる妄想の核が見つからない。

ケーナは新聞配達の自転車の音を聞きながら、いつものようにミサキが部屋に帰って来る足音を待っていた。

ここ数日、ミサキには会っていない。どこかに旅行でも行っているのか全然姿を見せないのだ。思いきって部屋のドアをノックしてみたこともあるのだが、返事はなかった。それでも気づかない内に戻って来てまた仕事に出かけたのかも知れないと、ケーナは毎朝、ミサキの足音が明け方の静寂の中を物憂気にコツコツと響いて近づいて来るのを待ち続けていた。

六時を過ぎ、七時になってもまだミサキは戻らなかった。

ケーナは眠るのを諦めて部屋を出て、ミサキの部屋をノックした。その時、新聞受けから投げ込みチラシがはみ出しているのに気づいた。ミサキは新聞をとっていない。ニュースはテレビで見ればいいし、テレビ欄は週刊の専門誌を買うから新聞は必要ないのだと言っていた。だが毎日のように各部屋の新聞受けに入れられる、投げ込みチラシは新聞の配達とは別に届く。

ケーナの背筋に悪寒が走った。

ただ旅行に出ているだけ。そう自分に言い聞かせたが、一言の断りもなく何日も留守にするというのはやはり不自然だ。チラシは、四、五日分は溜まっていた。

半日考えてから、開店時刻を待ってミサキの勤めている店に電話してみた。

「ミサキちゃん？　さあ、もうずっと無断欠勤のままよ」

憤慨した声が言った。

「どこにいるのかこっちが聞きたいわよ、あの子ったら。まあたまにいるんだけどさ、そういういい加減な子って。どうせ男でも出来て、仕事するのが嫌になってどっかに行っちゃったんだろうけど、どうせ騙《だま》されて風俗とかで働かされることになるのよ。それなのに……」

「あの」

ケーナは相手の言葉を遮った。

「それが……変なんです」

「変って、なにが？」

「ミサキさんの部屋……ずっと留守なんです」

「だから言ってるじゃない。逃げちゃったのよ！」

「でも……何も言わずに突然いなくなるなんて……荷物とか運び出した気配もないし……」

電話の向こうで相手はしばらく黙った。それからまた声が聞こえた。

「うちの男の子をミサキちゃんのアパートに行かせるわ。申し訳ないけれど」

「はい、お待ちしています」

電話を切ってケーナはベッドの上に座り込んだ。

寒気がした。何か、とてもよくないことが起こった予感。目が鋭く冴《さ》えて、それまで頭を覆っていた眠気はどこかに吹き飛んでしまった。

あの朝と同じだ。

あの朝。

母が父を殺して自分も自殺した、あの遠い朝。

もう父のことなど忘れた母だったはずなのに。とうの昔に見切ってしまった男なのに。どうしてわざわざもう一度、死んだ愛を殺さなければならなかったのだろう。そして今でもまだ理解できないでいる。

中学三年生だったケーナには、その時の母の気持ちがどうしても理解できなかった。そして今でもまだ理解できないでいる。

死んだ愛には触れてはいけない。死は伝染するのだ。母は愛の亡霊に触れたから自分も死ななければならなくなった。女に逃げられ、金も頼るところもなくなって突然目の前に現れた父に触れてしまったから、父を殺すしかなくなったのだ。

ふと、衣装簞笥《だんす》の上に目がとまる。そこにセーラムライトの箱。ミサキが最後に遊びに来た時に忘れて行ったのだ。今までそれに気づかなかった。

ケーナは煙草の箱を手にとった。そして一本、抜き出した。マッチもライターもなかったから、キッチンに行ってガス台に点火し、顔を焼くように近づけてくわえた煙草に炎を移した。

喉から胸に吸い込まれる煙りの、あつぼったく苦く重い感覚。まずい、と思った。ひどくまずい。悲しいほど、まずい。それなのに、吸い込むと涙と共に安堵の溜息が漏れた。

おいしいのは最初の一服だけ。それが味わいたくて、次の煙草に火を点けるの。

ケーナは泣きながら煙草を消し、そして新しい一本をくわえた。また火を点け、そして吸い込む。何度も何度も繰り返して、箱はとうとう空になった。煙りが充満した狭い部屋の中で、ノックの音を待つ。そう、ミサキの店から派遣されて来る男の子を待つのだ。

そして、その子と一緒に隣りの部屋のドアをこじ開け、あたしはきっと発見するのだろう。

ミサキの死体を。

＊

霧雨の中を、ミサキを乗せた霊柩車《れいきゅうしゃ》は去って行った。

「駅前のハンバーガー屋の店員なんだってね、犯人」

渡部がケーナに傘をさしかけてくれながら言った。

「浮気がばれたのをなじられたからって、首絞めて殺したって？　ひどいことをするよなあ……いい子だったのに、ミサキちゃん」

ケーナの妄想の中では自らの首にナイフを突き立てて死んだ岩倉健二なのに、現実の世界ではケーナのたったひとりの親友だったミサキを殺していた。

渡部と食事をしたあの時、健二の浮気はミサキにばれたのだろう。ケーナはすべてが昔から決まっていたことだったように感じている。何もかも、ケーナが生まれる前から決まっていたことだったように。自分と同じ男を親友が好きになり、そして殺される。自分の代わりに。すべてが運命だったのだ。そう思うことで、ケーナは叫びだしてしまいそうな自分を抑えつける。

そして体内時計だけはその動きを止めることなく、ケーナの一日は一時間ずつ現実の社会とずれて行く。

本当は、誰もみな同じなのだ、と思う。

本当は、みな少しずつ社会の時間とはずれて行く自分を知っている。僅かずつ、だが確実に狂っていく自分を見つめている。だが見ているだけでどうにも出来ない。どうにも、ならない。

自分のからだの中で時を刻む時計がそれを拒絶していても、人々は二十四時間でひとまわりする時計を決して捨てないだろう。浮気をなじられただけで女を殺す男がハンバーガーを売っていることを、みんな知っているのに知らない振りを通しているのだ。一瞬先には殺されて死体となって転がるかもしれないと思っていても、みんな、そんなことは自分にだけは起こらないと信じている振りをして生活しているのだ。

なのにあたしは、親友が首を絞めて殺されたのにまだ生きていて、今夜は何時に眠れるのだろうと考えている。

望みはたったひとつだけ。

新しい恋がしたい。それだけなのだ。

そして恋とはただの錯乱に過ぎず、いつか目覚めれば残るのはただ、恋をする前よりも寿命の縮んだ自分だけ。

それでも恋をし続ける。錯乱し続け、妄想を抱き続け、最初の一服の悦楽を求め続ける。

あたしだけじゃない。みんな同じ。みんな、みんな、みんな、同じ。

「精進落としして行かないかい?」

渡部がケーナの耳もとでそっと言った。

「なんだかこのままだと、しばらく気が滅入りそうだ」

「渡部さん」

ケーナは渡部の腕をとって囁いた。

「笛が聞きたいの。アンデスの笛の音」

「そうか」

渡部はケーナの手を包むように握った。大きく温かい手だった。

「俺のマンション、この近くなんだ。柏原のＣＤが出来て来たばかりなんだよ。聞きに来るかい？」

ケーナは頷いた。

途切れない、絶えまない恋。休まない、止まらない恋。

誰でもいいから、好きでいたいの。

誰でもいいから。

片思いしていいですか。ケーナは心の中で渡部に囁きかける。渡部の声の妄想が優しく笑って答えた。もちろん、いいとも。

そして最初の一服はたとえようもないほど甘く、おいしい。後になるほど苦く鬱陶《うっとう》しく、くるしくなるとわかっていても、次の一服の為にだけ、恋することがやめられない。

「よかった」

ケーナは囁いた。

「何がだい？」

渡部は訊いた。

ケーナは微笑んだ。

「これで、眠くなりそうなの」

「眠れなかったの？」

「ええ」

ケーナは頷いた。

「恐かったの」

恋をしていなかったから、と、ケーナは心の中で付け加えた。

あとがき

猫は本来、海とは無縁の生き物だったはずなのに、海の魚をよく食べる。不思議だな、とずっと思って来たけれど、猫自身は別に不思議とも感じていないようで、ただおいしいと思うから魚の缶詰をむしゃむしゃ食べているだけなんでしょう。

この作品集には、デビューからこれまでに書かれた短編作品の中で、恋愛とミステリーを中心とした、シリーズものではない短編を収録し、それに新しい作品を一作、書下ろしました。

九作の主人公はすべて女性です。

あらためて読み返してみて強く思うことは、わたしという作家が、どれほど「女性を描く」ことに夢中になっているか、ということです。わたしにとって、女性という存在はもちろん自分自身の基礎であり、視点であり、そしてなにより、憧れであり、愛と憎悪の対象なのです。

キーを叩いて生まれて来る文字のひとつひとつで、ひとりでも多くの「女性」を描き出すことができたなら。

今のわたしには、それが作家を続けている何よりの動機だという気がしています。


猫は水が嫌いなのに、どうして魚が好きなんでしょう？

女の子は辛いこと、苦しいこと、めんどくさいことなんかみんな嫌いなはずなのに、なぜ、いつも恋を追い掛けているのでしょう？

辛くなく、苦しくなくて、面倒でもない恋なんてどこにも転がっていないって、みんな知っているのに。


この作品集の中の女性は、みんな少しずつ壊れています。

でも、今のこの時代、この社会で、少しも壊れることなく働いて生活して、恋もしている女性なんているんでしょうか。

その繊細さゆえ、優しさゆえに壊れてしまった心をあやしながら、マニキュアを塗ったりパックをしたり、むだ毛のお手入れをしたり洋服のカタログを眺めたり、そうしてまた明日、明日こそはきっといいことがある、きっと幸せが来る、そう願って、夢の中で「本当に好きな」あの人に逢えたらいいのに、と、ベッドに横たわるそんなひと。

そんなひとを描きたい。
そんなひとの為に描きたい。

この作品集の中に「あなた」はいましたか？
もしいなかったのでしたら、次はぜひ、「あなた」を描かせてくださいね。

二〇〇一年　九月二日（単行本刊行時）

柴田よしき

二〇〇一年十月　イースト・プレス刊

解説──「壊れた女」であること──

深澤《ふかさわ》真紀《まき》（編集者）

女から目が離せない、まして「壊れた女」からは。

柴田よしきファンは、みなそうなのではないか。

もちろん柴田さんと、本書『猫と魚、あたしと恋』の単行本版を編集した私も、「壊れた女」から目が離せないことでは、人後に落ちない。

いや、それだけではないだろう。柴田さんも私も、本書に出てくる女たちのように、どこか「壊れた女」であるにちがいない。そして、この本を手にしたあなたも、「壊れた女」であるか、「壊れた女」に惹かれてしまう人なのだろう。

柴田さんのデビュー作『ＲＩＫＯ──女神《ヴイーナス》の永遠──』（角川文庫）を読んだときの感慨は忘れられない。

しかしそれは、「性的に奔放」「鮮烈な存在」と評された主人公の刑事ＲＩＫＯの登場が衝撃だったからではなく、むしろ「やっとこういう女性を、ありのままに描いてくれる作家が現れた」という思いからだった。

編集者として、性的なテーマや、女性をテーマにした本を多く手がけてきた私は、すでに「女たちがいる場所」が変わってきていることを実感していたのだが、それらを自然に描いてくれる作家として、柴田さんは確実に登場したのだ。

それ以来、柴田さんのすべての作品を読み、「ああ、この女も描いてくれた」「この女がここにいた」という思いを新たにしてきた私は、いつか柴田さんと「女」をテーマにした本が作りたいと思い続け、それが『猫と魚、あたしと恋』で実を結んだ。


この短編集の女たちは、みな少しずつ壊れている。

「トム・ソーヤの夏」の雛子《ひなこ》は、パート先の若い男と引きずられるように不倫を続けている。殺された幼なじみの澄子《すみこ》も不倫をしていたという。この作品では、もう一人の幼なじみで、銀座のママであるひとみの存在も印象的だ。柴田作品では、水商売の女性の描かれ方にも大きな魅力がある。それぞれがきちんと、職業としての水商売を生きているのだ。この短編集でも何人かの水商売の女性たちが出てくるので、そこも楽しんでほしい。

「やすらぎの瞬間《とき》」の叶恵《かなえ》は、ブティックの店員で、自分の店の万引き常習犯の女を、いろいろな場所で見かけるようになる。そして自分自身も恋人を若い女に奪われながら、別れられずにいる。観察する女と観察される女、二人の女が交錯する瞬間を描かせると、柴田さんの筆は冴えわたる。

「深海魚」の香子《こうこ》は、何度電話をしても出てくれない恋人のために会社を辞め、彼に自分の間違いを気がつかせようとする。主人公がただ狂気を抱いているわけではなく、静かな日常の中で生きて、静かに狂気を発現していくのが、本当にこわいのだ。

「どろぼう猫」のあたし（アコ）は、中学時代の同級生美樹《みき》に再会する。やがて美樹に片思いする男に自分が惹かれてしまう。女友達というのも柴田さんの重要なテーマだ。その関係は一方的なままではなく、いつのまにか逆転し、さらに反転して、よじれて絡み合っていく。

「花のゆりかご」の亜矢子《あやこ》は結婚して京都に移り住み、花にあふれた美しい庭の持ち主である老いた女性と知り合うのだが、その彼女が殺されてしまう。東京生まれだが、京都に長く住んでいた柴田さんらしい作品。柴田さんの描く京都のファンは多い。私もその一人だ。

「誰かに似た人」のミル子は、自分の愛人が、自分にそっくりな若い女と一緒に写った写真を持っていたことから、自分はセカンドどころかサードの存在なのかと、その女の存在を調べ始める。全編を漂うユーモラスな空気が魅力の作品。柴田さんは会話のうまい作家でもあるのだが、この短編ではそれも堪能してほしい。

「切り取られた笑顔」の奈美《なみ》は平凡な主婦であることに飽きていたときに、短大時代の友人亜佐子《あさこ》と再会し、それをきっかけにインターネットのホームページ作りにはまっていく。今でこそ主婦がホームページやブログを持つことは普通だが、この短編が最初に発表された

1997年ではまだまだめずらしかった。90年代初めのパソコン通信時代から、ネットに親しんできた柴田さんならではの作品だろう。

「化粧」の莢子《さやこ》は美容部員として優秀だったのにもかかわらず、専業主婦になる。ある時姑と同居することになったことから、家庭が壊れ始めてしまう。本書の中でも、そのラストの描き方から人気の高かった一作だ。柴田さんは年老いた女性の描写もとてもいい。

そして「CHAIN LOVING」のケーナは睡眠障害に悩んでいた時に、新宿のクラブで働いていたミサキと友達になるのだが……。

柴田さんは当初、この短編集のために書下ろした「CHAIN LOVING」を、単行本のタイトルにもしてはどうかとおっしゃっていた。煙草を鎖のようにつながってとぎれなく吸うことを、チェーン・スモーキングというように、恋をし続けずにはいられないチェーン・ラヴィング。「嗜好」「中毒」としての恋。この短編集のテーマを端的に表していると思う。けっきょく営業的にわかりにくいのではという声もあり、柴田さんからこの『猫と魚、あたしと恋』というタイトルをいただいたのだが、これもとても素晴らしいタイトルで、柴田作品の魅力の一つは、タイトルづけの妙にもあるという思いを新たにしたものだ。

ここに出てくる女たちは、みな「普通」に壊れている、「普通」に壊れてゆく。どの女も、生きていることが、愛することが、壊れることにつながっていく。

柴田さんはこの「壊れた女」たちを、神の視点で断罪することはしない。かといって安易な救済もしない。壊れても、なお、生きていくしかない、愛していくしかない女たちを、ただそのままに描いていく。

私はそれこそが柴田作品の真骨頂ではないかと思っている。

また、柴田さんは多作な作家であるが、じつは短編集はすくなく、現時点では、本書と『貴船菊の白』（新潮文庫）だけである（連作短編集は数冊出している）。

ＲＩＫＯシリーズをはじめとして、長編が得意な作家と思われがちだが、本書を読まれた方にはもうおわかりのように、短編もたいへん見事なものばかりだ。

それぞれの短編の主人公の女たちのいる場所が、思いが、一気に読者を惹きつけていく。それは、この女たちが、柴田さんの中にあまりに自然に、無理なく存在しているからなのだろう。

本書単行本版のあとがきで、柴田さんは「この作品集の中に『あなた』はいましたか？もしいなかったのでしたら、次はぜひ、『あなた』を描かせてくださいね」と書いている。

このあとがきを読んで「この本で一番、ここが怖かった」といった女性がいた。その感想は正しい。この本に出てくるどの女よりも壊れていて怖いのは、きっと、女たちを、私たちを観察し続け、描き続ける、柴田さんその人なのだ。

だからこそ私たちは柴田作品に魅了され続けているのだろう。

柴田よしき▶著作リスト

○このリストは、2004年9月現在のものです。
○シリーズ別に分類し、作品名の前に表記した番号は、
全著作の初版発行順です。
○各作品の内容については、柴田よしきホームページ
(http://www.shibatay.com)内でも紹介されています。

◆猫探偵正太郎シリーズ

7 柚木野山荘の惨劇　カドカワエンタテインメント　1998・04
角川文庫　2000・10
（『ゆきの山荘の惨劇—猫探偵正太郎登場』と改題）

22 消える密室の殺人—猫探偵正太郎上京（文庫書下ろし）
角川文庫　2001・02

32 猫探偵・正太郎の冒険Ⅰ　猫は密室でジャンプする
カッパ・ノベルス　2001・12

39 猫は聖夜に推理する　猫探偵・正太郎の冒険Ⅱ
カッパ・ノベルス　2002・12

43 猫はこたつで丸くなる　猫探偵・正太郎の冒険Ⅲ
カッパ・ノベルス　2004・01

◆村上緑子シリーズ

1 RIKO—女神《ヴィーナス》の永遠—　角川書店　1995・05
角川文庫　1997・10

2 聖母《マドンナ》の深き淵　角川書店　1996・05
角川文庫　1998・03

6 月神《ダイアナ》の浅き夢　角川書店　1998・01
角川文庫　2000・05

◆炎都シリーズ

3	炎都	トクマ・ノベルズ	1997・02
		徳間文庫	2000・11
5	禍都	トクマ・ノベルズ	1997・08
		徳間文庫	2001・08
12	遙都—渾沌出現—	トクマ・ノベルズ	1999・03
		徳間文庫	2002・08
24	宙都—第一之書—美しき民の伝説	トクマ・ノベルズ	2001・07
33	宙都—第二之書—海から来たりしもの	トクマ・ノベルス	2002・01
36	宙都—第三之書—風神飛来	トクマ・ノベルズ	2002・07
45	宙都—第四之書—邪なるものの勝利	トクマ・ノベルズ	2004・06

◆花咲慎一郎シリーズ

8	フォー・ディア・ライフ	講談社	1998・04
		講談社文庫	2001・10
19	フォー・ユア・プレジャー	講談社	2000・08
		講談社文庫	2003・08

◆R-0（リアルゼロ）シリーズ

14	ゆび（文庫書下ろし）	祥伝社文庫	1999・07
21	0《ゼロ》（文庫書下ろし）	祥伝社文庫	2001・01
26	R-0《リアルゼロ》 Amour《アムール》（文庫書下ろし）	祥伝社文庫	2001・09
34	R-0《リアルゼロ》 Bête noire《ベトノワール》（文庫書下ろし）	祥伝社文庫	2002・02

●その他の長編

4	少女達がいた街	角川書店	1997・02
		角川文庫	1999・04

9 RED RAIN　ハルキノベルス　1998・06
ハルキ文庫　1999・11
10 紫のアリス　廣済堂出版　1998・07
文春文庫　2000・11
11 ラスト・レース—1986冬物語　実業之日本社　1998・11
文春文庫　2001・05
13 Miss You　文藝春秋　1999・06
文春文庫　2002・05
15 象牙色の眠り　廣済堂出版　2000・02
文春文庫　2003・05
16 星の海を君と泳ごう　時の鐘を君と鳴らそう
アスキー（アスペクト）　2000・03
20 PINK　双葉社　2000・10
双葉文庫　2002・12
23 淑女の休日　実業之日本社　2001・05
25 風精《ゼフィルス》の棲む場所　原書房　2001・08
29 Close to You　文藝春秋　2001・10
30 V ヴィレッジの殺人（文庫書下ろし）　祥伝社文庫　2001・11
35 ミスティー・レイン　角川書店　2002・03
37 好きよ　双葉社　2002・08
38 聖なる黒夜　角川書店　2002・10
41 蛇（上・下）　トクマ・ノベルズ　2003・11
42 クリスマスローズの殺人　原書房　2003・12
44 水底の森　集英社　2004・02
46 太陽の刃、海の夢　祥伝社　2004・07

●連作中・短編集……………………………………

18 桜さがし　集英社　2000・05
集英社文庫　2003・03

27 ふたたびの虹	祥伝社	2001・09
	祥伝社文庫	2004・06
31 残響	新潮社	2001・11
40 観覧車	祥伝社	2003・02

●短編集

17 貴船菊の白	実業之日本社	2000・03
	新潮文庫	2003・02
28 猫と魚、あたしと恋（本書）	イースト・プレス	2001・10
	光文社文庫	2004・09

カドカワエンタテインメント	角川書店
カッパ・ノベルス	光文社
トクマ・ノベルズ	徳間書店
ハルキノベルス	角川春樹事務所
ハルキ文庫	角川春樹事務所
文春文庫	文藝春秋

※アスキー（アスペクト）は現・エンタープレイン

光文社文庫

傑作恋愛サスペンス
猫《ねこ》と魚《さかな》、あたしと恋《こい》
著 者　柴《しば》田《た》よしき

2004年9月20日　初版1刷発行

発行者　篠　原　睦　子
印　刷　萩　原　印　刷
製　本　関　川　製　本

発行所　株式会社　光　文　社
〒112-8011　東京都文京区音羽1-16-6
電話　(03)5395-8149　編集部
8114　販売部
8125　業務部
振替　00160-3-115347

ISBN4-334-73744-7　Printed in Japan

お願い　光文社文庫をお読みになって、いかがでございましたか。「読後の感想」を編集部あてに、ぜひお送りください。

このほか光文社文庫では、どんな本をお読みになりましたか。これから、どういう本をご希望ですか。

どの本も、誤植がないようつとめていますが、もしお気づきの点がございましたら、お教えください。ご職業、ご年齢などもお書きそえいただければ幸いです。

光文社文庫編集部